Für Dominik 1979 – 2007

Besondere Menschen gleichen Sterne,
sie leuchten noch lange nach ihrem Erlöschen.
(unbekannter Verfasser)

C. E. Frayna

Wenn tote Kinder niemals schweigen

Bibliografische Information der Deutschen Nationalbibliothek:
Die Deutsche Nationalbibliothek verzeichnet diese Publikation in der Deutschen Nationalbibliografie; detaillierte bibliografische Daten sind im Internet über http://dnb.dnb.de abrufbar.

TWENTYSIX – Der Self-Publishing-Verlag
Eine Kooperation zwischen der Verlagsgruppe Random House und BoD – Books on Demand

© 2017 Claudia Frayna

Herstellung und Verlag:
BoD – Books on Demand, Norderstedt

ISBN: 978-3-740-72635-5

Illustration: C. E. Frayna, Bild: Pixabay
Lektorat: Nadja Süss

Inhaltsverzeichnis

Prolog	7
Erstes Kapitel	12
	28
	28
Zweites Kapitel	29
Drittes Kapitel	39
Viertes Kapitel	51
Fünftes Kapitel	63
Sechstes Kapitel	77
Siebtes Kapitel	88
	104
Achtes Kapitel	105
Neuntes Kapitel	115
Zehntes Kapitel	133
Elftes Kapitel	148
	168
Zwölftes Kapitel	169
Dreizehntes Kapitel	182
Vierzehntes Kapitel	193
Fünfzehntes Kapitel	211
Sechzehntes Kapitel	227
	242
Epilog	243
	247
Danksagung	247

Prolog

Der laute Schrei durchbrach die Stille. Er hallte in den Wänden des alten und kleinen Schlosses wider, das am Ende des Marktes Mierlbach stand.

Welch ein neuartiges Geräusch in diesem Haus, fand Dominik Sturm, als er mitten in der Nacht erwachte. Der 10-jährige rieb seine Augen, setzte sich im Bett auf und sah sich im Raum um. Hatte er das geträumt? Bevor er einen weiteren Gedanken fassen konnte, ging ihm ein weiterer Schrei durch Mark und Bein.

Herzzerreißend weinte ein Baby, unweit von dem Zimmer entfernt, dass er, seit seiner Geburt bewohnt. Einen Moment wunderte er sich nur. Wie kam ein Baby in Dominiks Elternhaus? Hatten seine Eltern Besuch, von dem er nicht das Geringste mitbekommen hatte? Es war mitten in der Nacht und am Tag nichts Ungewöhnliches geschehen.

Egal auf welche Weise er es drehte und wendete, er kam zu keinem schlüssigen Gedanken.

Das Schreien ging jäh in ein leises Wimmern über. Es war nicht weniger herzerweichend.

Verwirrt von der ganzen Sache, raffte er sich und stand auf.

Auf dem Weg zur Tür, fiel er über Bauklötze und landete auf den Knien. Er seufzte auf. Zum Ersten mal in seinem jungen Leben bereute er, sie nicht weggeräumt zu haben.

Wenn jetzt Dominiks Mutter im Raum wäre, würde sie ihn mit

schadenfrohem Blick betrachten. Ihm sagen, dass er gefälligst auf sie gehört hätte. Er hob behutsam die Schlafanzughose nach oben und besah das aufgeschlagene Knie.

Allmählich ließ der brennende Schmerz nach. Er rückte die Hose zurecht. Behäbig schob er die schwere Eichentür auf und äugte den Gang hinauf. Niemand war zu sehen, dennoch hörte er unentwegt den klagenden Ruf des Babys. Dominik gähnte, und fing an den Flur entlang zu schleichen. Stimmen kamen vom Erdgeschoss, vom Wohnsalon, er strebte ein anderes Ziel an.
Am Ende des Stockwerks lag das Zimmer seines großen Bruders, das er bewohnt hatte, bevor er auszog, um zu studieren. Endlich erreichte er die gegenüberliegende Tür, die angelehnt war. Auf Zehenspitzen ging er leise hinein.
Das Weinen kam aus dem Bett. Dort angekommen, starrte er auf das Neugeborene hinunter, setzte sich darauf, um es gründlicher zu bestaunen.

Es hatte viel rabenschwarzes Haar und war winzig. Vorsichtig streckte er seinen Finger aus. Die Fingerchen griffen nach ihnen. Erneut fing es herzzerreißend an, zu schreien.

Beruhigend nahm er es achtsam in die Arme. Wissbegierig musterten ihn ihre schönen, mandelförmigen Augen.
Ein Blick unter die Decke genügte und er wusste, dass es ein Mädchen war. Vor und zurück schaukelte er sie sanft. Mit der Zeit wurde sie ruhiger. Dominik vermutete, dass sie Hunger hatte. Wo war die Mutter? Er sah sich im Zimmer um, niemand war da.

Die Tür wurde aufgeschoben und seine Mutter Juliane stand vor ihm.
»Du sollst doch schlafen!« Sie schüttelte eine Babyflasche.

»Sie hat mich geweckt«, antwortete Dominik und zeigte auf den Säugling. »Wer ist sie denn?«

Juliane gab ihm die Flasche und er schob sie zwischen die leicht geöffneten Lippen. Sofort saugte die Kleine und zog gierig am Schnuller.

»Ich bin gleich wieder da.«

»Mama, wer ist sie?«, fragte er.

»Nicht jetzt, Dominik, morgen erkläre ich dir alles.« Sie ging hinaus.

»Wo ist dei Mutter? Armes Ding.« Dominik wippte sie sachte auf und ab. Unentwegt schauten ihre Augen zu ihm hinauf. Ihr Geruch stieg ihm in seine Nase, eine Mischung aus Milch und Rosenöl. Ein feiner, unschuldiger Geruch, der in ihm ein Gefühl von Geborgenheit hervorrief. Sie erinnert ihn an jemanden ..., ebendieser Name war wie ein Kleid für sie: Nina.

»Keine Angst, Nina. Ich pass auf dich auf.«

»Nina?« Seine Mutter trat ins Zimmer.

»Sieht sie nicht aus wie eine Nina?«

»Nina, ein schöner Name«, sagte Juliane und lächelte ihren Sohn an.

»Das sollten doch ihre Eltern bestimmen.«

»Nina hat keine Eltern mehr, mein Schatz«, sagte Juliane.

»Dann bleibt sie bei uns?«, fragte er.

»Vielleicht«, sagte sie.

Dominik drückte sie an sich. »Sie soll bleiben, dann kann ich sie beschützen.«

»Ich weiß, das würdest du tun.« Juliane fuhr zärtlich durch sein sandfarbenes Haar.

»Sie ist noch so klein.« Dominik sah wieder zu ihr hinab.

Plötzlich wurde das Zimmer mit weiteren Menschen gefüllt. Einer davon war Andreas Steinberg, ein Freund seines Bruders. Andreas, ein großer Mann mit dunkelgrünen Augen, beugte sich über Nina.
Andreas streckte seine Hände nach Nina aus, Dominik wollte sie nicht hergeben.
»Sie ist in guten Händen«, versicherte Andreas ihm.
Er wollte sie nicht im Stich lassen.
»Dominik«, warnte ihn die schneidende Stimme seines Vaters.
Seine Augen wanderten zu ihm hinüber.
Ein Weiteres mal sah er zu seiner Mutter, die unbeteiligt am Rande stand. Wie immerfort würde sie nicht für ihn einstehen. Scheu und mutlos, wie sie zeitlebens war. Jedoch hatte er weit weniger, was er hätte entgegensetzen können.

Unterwürfig schlug er die Augen nieder. Betrachtet ein letztes mal das kleine Mädchen. Er küsste sie zum Abschied auf die Stirn und gab sie Andreas, der sie an Maria weiterreichte.
»Sie heißt Nina«, sagte Dominik bestimmend und die Erwachsenen sahen ihn erstaunt an.
Andreas und Maria verließen mit Nina das Zimmer.
Juliane nahm ihn in die Arme.
»Du wirst sie wiedersehen«, sagte sie beruhigend.
Und doch wusste er, sie sollte hierbleiben.

Das Auto fuhr holprig über die gewundene Straße.
Ein Mädchen stand am Rande, versteckt unter ein paar Bäumen. Ihr graues Kleid, flatterte im Wind. Sie streckte die Hand aus, um nach irgendetwas Unsichtbarem zu greifen, das einzig und allein

sie erahnen konnte. Eine Träne rollte ihre Wange hinab.

Das Auto verschwand und ebenso sie. Eine Sekunde später, war alles, als wäre sie niemals an diesem Platz gewesen.

Erstes Kapitel

21 Jahre später

Greta Berg lag in ein dünnes Laken gehüllt, in dem großen Doppelbett. Verträumt lächelnd sah sie an die Decke des Schlafzimmers. In dem Raum, wo sie seit 25 Jahren das Bett mit Holger teilte. Völlig gefangen in der Zufriedenheit ihres Körpers.
Der Blick richtete sich auf sie. Fasziniert betrachtete sie den bloßen Rücken der Frau, die so alt war wie Greta, als sie Holger geheiratet hatte. Sie zog sich gerade an. Greta sah ihr gerne zu.
Es waren die schönsten Stunden der Woche, wenn sie mit ihr zusammen war. Die Treffen waren zur Regelmäßigkeit geworden und ebenso normal. Genauso alltäglich, wie sie jeden Abend das Essen für ihre Familie kochte. Sie schenkte ihr Aufmerksamkeit.
Die sie lange nicht mehr von Holger erhielt. Wie gerne sie ihren Körper spürte. Wenn sie ihn berührte, fühlte er sich samtweich und schlank an. Anders, als ihr Eigener es war.
Greta bemerkte, wie die Sehnsucht erneut ihren Bauch hochstieg. »Komm her«, sagte Greta bittend und lächelte sie reizvoll an.
»Ich muss arbeiten.«
»Wann treffen wir uns wieder, nächste Woche, zur selben Zeit?«,

fragte Greta.

»Ich ruf an«, antwortete Nina.

Ein Lächeln umspielte ihre vollen, roten Lippen. Nina Steinberg war immens verschlossen. Ihr melancholischer Charakter war das, was Greta am meisten an ihr gefiel.

Ihr Blick verweilte an der Tür, woraus Nina verschwunden war. Was würde Holger von ihr denken, wenn er es erfahren würde? Trotz ihres schlechten Gewissens, die dauernd hochkamen, taten ihr die geheimen Treffen gut. Seit Langem verspürte sie nochmals Glück in ihrem Leben. Glück, das ebenso ihre Familie zu spüren bekam. Das konnte nicht so abwegig sein. Oder?

Zwanghaft fuhr sie vom Bett hoch, beschloss erst, zu duschen, bevor sie sich dem Abendessen für ihre Familie widmete.

Seit drei Monaten verbrachten sie einen Nachmittag in der Woche zusammen. Mittlerweile fing Nina an es, zu bedauern. Seufzend stieg sie in ihr Auto und fuhr los. Durch die mit schicken Häusern gesäumte Straße. Eines davon kostete ohne Frage mehr, wie sie je in ihrem Leben verdienen würde. Ihr Blick glitt auf die Uhr über dem Lenkrad. Sie war spät dran. Ärger hatte sie dafür nicht zu befürchten. Das Restaurant ihres Stiefvaters, würde wie jeden Abend auf den letzten Platz besetzt sein. Heute würde es erneut stressig werden. Ihr graute davor.

Es war nicht das, was sie in Zukunft machen wollte. Ursprünglich eine Notlösung, als sie ihre Ausbildung als Konditorin beendet hatte. Nina war eben unschlüssig, was sie in Zukunft tun wollte. Aufgrund dessen hing sie seit 2 Jahren dort fest. Zu keiner Entscheidung fähig.

»Sorry, bin zu spät.« Nina betrat mit wenig Reue das Lokal, ging auf Mario Fischer ihren Stiefvater zu. Er deckte die Tische gerade mit der bekannten weiß-rot gestreiften Tischdecke ein. Mario lächelte, als er sich ihr zuwandte und winkte ab. Sie fragte sich, ob er irgendeinmal verärgert über sie sein konnte.
Des Öfteren hatte sie ihn, das ein, oder andere mal, um den Finger gewickelt. Dass sie damit Streit mit ihrer Mutter heraufbeschwor, war ihr egal. Sie konnte nichts dafür, wenn er ihr manche Freiheiten gewährte. Ein Anrecht, das sie aufs Äußerste ausreizte.

An diesem Ort hatte sie im Übrigen Greta kennengelernt.
Es war ein Sonntag Abend gewesen. Greta hatte sie mit diesem bestimmten Blick angesehen. Hatte Nina nicht mehr aus den Augen gelassen, bis sie mit ihrem Mann das Lokal verlassen hatte. Zwei Tage später war sie alleine zum Mittagessen gekommen und sie hatten sich verabredet.
Genauso hatte alles seinen Lauf genommen.

Mario trat in den vorderen Bereich und reichte ihr das Telefon.
»Deine Mutter«, erklärte er. Nina verdrehte die Augen und nahm den Apparat an sich.
»Was gibt´s?«, fragte Nina.
»Ich hab auf dich gewartet, wo warst den ganzen Tag?«, gab Maria, ihre Mutter, zurück.

»Was willst du?«, fragte Nina.
Sie war alt genug, um sich ihre Vorhaltungen nicht anhören zu müssen.
»Ich wollte es dir persönlich mitteilen, aber du bist nie Zuhause, wenn ich mit dir reden will. Dei Vater ist gestorben.«
Nina war sprachlos. Ihr leiblicher Vater, den sie zuletzt sah, als sie Windeln getragen hatte. Den Vater den sie kennenlernen wollte, seit sie denken konnte.
»Die Beerdigung ist in zwei Tagen. Gehst hin?«
Nina war sich darüber nicht im Klaren. Zu frisch war die Nachricht. Sie musste darüber nachdenken. War sie ihm das schuldig? Keine Sekunde seines Lebens hatte er sich für sie interessiert. Nicht ein Einziges mal, hatte er ihr geschrieben, geschweige denn sie besucht. Kein Weihnachten, oder einen Geburtstag mit ihr gefeiert. Hatte er gewusst, in welch hohem Maße sie ihn vermisst und gebraucht hätte?
Mehrmals hatte sie sich in Gedanken ausgemalt, wie sie ihn besuchte. Ihm ihre ganzen Gedanken entgegenschleuderte.
Bis jetzt hatte ihr der Mut gefehlt. Soweit würde es nicht mehr kommen.
»Vielleicht«, antwortete Nina.
»Ich muss weiter machen.« Sie legte auf, ohne eine Antwort abzuwarten.
Sie war diesem Mann nichts schuldig. Warum zusehen, wie er endgültig in der Versenkung verschwand.
Was hatte er für sie getan?
Gemischte Gefühle durchzogen sie. Eine altbekannte Frage geisterte in ihrem Kopf herum.
War er der Teil ihrer Wurzeln, der sie zu keiner Zeit ihres Lebens

komplettiert hatte? War es nicht einen Versuch wert, dort zumindest Antworten zu suchen?

Sie schüttelte den Kopf und wandte sich dem Besteck zu. Für nichts in der Welt würde sie an seiner Beerdigung teilnehmen.

Dominik Sturm strich das unbändige, gelockte Haar hinter seine Ohren. Er sprang die Treppe hinunter und pfiff einen Ohrwurm, den er vorhin im Radio gehört hatte.

Einen Moment gab er sich den Gedanken an die Architektin hin, die ihn vorhin in seinem Büro angehimmelt hatte.
Als sie sich auf den Stuhl gesetzt hatte, war ihr Rock hochgerutscht. Das schamlose Grinsen, hatten ihre Absichten unumwunden klar gemacht.
Wenn er gewollt hätte, läge er jetzt in ihrem Bett.
Eine Sache, die ihn überrascht hatte, als er abgelehnt hatte. Sein Kopf war im Moment zu ausgefüllt. Wenn man schlagartig an seinem Leben zweifelte, war alles andere bedeutungslos.
Zwar konnte man meinen, er hätte alles, was Nick sich erträumt hatte. Ein perfektes Leben. Nick empfand es keineswegs als das.

Bald nach der Hochzeit vor 2 Jahren merkte er seinen Fehler. War das alles, was er von seinem Leben erwarten konnte? Kam da mehr? Als er spätabends von seinem Büro, die paar Schritte zu seinem Haus hinüberging, klingelte das Handy in seiner Jeans.

»Guten Abend, Dominik. Sie kommt.«, sagte Maria Fischer.
»Bist du sicher?«, fragte Nick.
»Sie hat ihre Tasche gepackt.«
»Okay.«
»Lass die Finger von ihr«, sagte Maria.
Nick schüttelte den Kopf und ärgerte sich.
»Seit wann treib ich es so wild?«, fragte er.
»Seit du weißt, wie sie aussieht.«

Hatte Maria, Nick durchschaut, oder hatte er sich mit irgendetwas verraten?
Dominik konnte Gefühle mühelos verbergen, wohl nicht, wenn es um sie ging. Im Besonderen nicht vor Ninas Mutter.
»Ich hoffe, du hast dich bei ihr besser im Griff.«
Er seufzte, konnte Maria Fischers tadelndes Gesicht förmlich vor sich sehen.
»Zerbrech dir nicht meinen Kopf«, sagte er und legte auf. Sie hatte nicht unrecht. Nina spukte ihm ständig im Kopf herum. Seit er sie Andreas Steinberg in die Arme gelegt hatte, war sie als ständige Erinnerung in seinem Kopf verankert.
Er wusste, es war so gut gewesen. Dass sie ein Anrecht auf ein ruhiges Leben gehabt hatte, meilenweit entfernt von ihrem Vater entfernt.

Als er das Haus betrat, steckte er das Handy ein, hoffte, das Lisa im Bett war und schlief. Alleine darum schob er öfters die

Arbeit vor.

Lisa legte viel Wert auf ihr Aussehen, warf ständig das Geld für Kosmetik, Sonnenstudio und wöchentliche Friseurbesuche hinaus. Jeden Tag war sie perfekt frisiert und gepflegt, trotz allem fühlte er nichts mehr in ihrer Gegenwart.

Das er sie geliebt und begehrt hatte, kam ihm wie aus einem anderen Leben vor. Lisa, schien auf ihn gewartet zu haben, und war vor dem Fernseher eingeschlafen. Er schaltete ihn ab und betrachtete sie einen Moment nachdenklich. Auf dem Weg hinaus, löschte er das Licht und ging nach oben.

Nina war auf die Anzeige in einer Zeitung gestoßen.

Ständig dachte sie über ihre Selbstständigkeit nach. Ein eigenes Café. Seit ihrer Ausbildung als Konditorin träumte sie davon. Das war es, was sie erfüllen würde. Der einzige Weg, den sie in ihrer Zukunft sah.

Als Kind hatte sie Teestunden veranstaltet. Kekse gebacken, kaum das sie laufen konnte.

Liebte es neue Kreationen, auszuprobieren. Ihr fehlte Geld und Mut, um ihren größten Wunsch wahr zu machen.

Die Anzeige versprach eine günstige Miete, auf den ersten Blick, wusste Nina warum. Es hatte eine schlechte Lage und war massiv renovierungsbedürftig. Sie müsste viel investieren. Geld, das sie nicht im Mindesten hatte. Ihr Handy läutete, sie warf einen Blick darauf und drückte auf den grünen Hörer.

»Wie sieht´s aus?«, fragte Alina.

»Eine Bruchbude!« Nina fuhr sich durch ihr rot-braunes Haar.

»War zu erwarten.«

Nina war enttäuscht. Es waren solche Rückschläge, die ihre Hoffnung schwinden ließen. Alina hatte Nina bald mit ihren Plänen anstecken können und war auf ihren Traum aufgesprungen.

»Na komm, wir finden was Passendes«, sagte Alina.

Alina schien sie trösten zu wollen. Nina würde ein paar Tage brauchen, um über die herbe Enttäuschung hinwegzukommen.

»Wann fährst du?«, fragte Alina.

»Heut mittag.«

»Na gut, denk daran, du bist ihm am Arsch vorbeigegangen, er hat keine einzige Träne von dir verdient.«

»Ich weiß.«

Sie verabschiedeten sich und Nina legte auf. War es eine Pflicht, die sie dorthin trieb?

Als sie nachdachte, kam sie zu dem Entschluss, es war reine Neugier. Neugier auf die Frau und den Ort, den er ihr vorgezogen hatte. Sie hatte endlich den Mut gefasst, sich dem zu stellen. Wenn auch zu spät.

Drei Stunden später, saß Nina im Auto und war auf den Weg nach Mierlbach. Ihre Mutter hatte sie zum Abschied umarmt. Ein einzigartiges Erlebnis seit Jahren. Sie schien besorgt um sie. Nina war froh einen Tag von Zuhause weg zu sein.

Sie hatte sich Mierlbach anders vorgestellt. Vor allem Kleiner. Das war es nicht.

Viele Geschäfte säumten den Weg. Man musste Mierlbach nicht verlassen, um alles zu bekommen, was man für den Lebensunterhalt brauchte.

Sie kam an der kleinen Pension an, wo sie ein kleines Zimmer gebucht hatte. Es lag direkt gegenüber der stattlichen, in Gelb gestrichenen Kirche. Zu ihrem Erstaunen war es hervorragend in Schuss, es schien, als wäre es vor nicht allzu langer Zeit renoviert worden.vDas hohe Haus, im sonnigen Orange gestrichen, brachte Licht in den trüben Oktobertag.

Es lud ein, damit man es betrat.

Sie parkte auf den kleinen Parkplatz, nahm ihren Koffer und ging die breite Treppe hinauf. Schwer bepackt öffnete sie die weiße Tür und trat an den Empfangsbereich.

Eine ältere Frau wischte den Flur. Ein Lächeln umspielte ihre Lippen, als sie Nina entdeckte.

An dem altmodischen Kittel, den sie trug, wischte sie sich die Hände ab und trat hinter den Tresen.

»Sie müssen entschuldigen, sonst komm ich nicht dazu.« Die blondhaarige Frau lächelte sie freundlich an und Nina erwiderte es gerne.

»Na gut, willkommen in Katrins Gästehaus, ich bin Katrin Huber, womit kann ich denn helfen?«

»Ich bin Nina Steinberg und habe ein Zimmer gebucht.«

Der Blick der Frau entging ihr nicht, sie wurde auf einen Schlag merklich distanzierter.

Hatte sie irgendetwas verkehrt gemacht? Warum war das Lächeln der Frau im mittleren Alter erloschen?

Nachdenklich nahm sie den Schlüssel entgegen. »Danke«, sagte Nina.

Nina wandte sich um.

»Ich bin mit ihm zur Schule gegangen, mein herzlichstes Beileid«, sagte Katrin.

Nina drehte sich zu ihr um und nickte sprachlos. Endgültig wandte sie sich der Treppe zu, und ging nach oben.

Ihr Zimmer war gemütlich eingerichtet. Sie warf ihren Mantel achtlos auf das Bett und sah sich näher um.

Ihr Blick glitt aus dem Fenster und sie sah dem geschäftigen Treiben auf der Straße zu.

Um die Mittagszeit war viel los. Menschen, die in ihrer Mittagspause zum Essen gingen, andere die Erledigungen machten. Kinder säumten die Straße, die nach Schulschluss, auf dem Nachhauseweg waren.

Schlagartig riss sie sich von diesem Anblick los und wandte sich ihrem Koffer zu. Sie hatte sich Zuhause nicht entscheiden können, was sie anziehen sollte. Darum hatte sie mehr eingepackt, als sie brauchte.

Nina zog sich um, entschied sich zum Schluss für ein schönes, schwarzes Kleid in A-Linie und kniehohe Stiefel.

Mit ihrem schwarzen Mantel darüber sah sie anders aus. Sehr elegant. Sie wollte bei den Steinbergs keinen schlechten Eindruck hinterlassen.Ihr hüftlanges Haar tat sie zu einem Zopf zusammen, sah sich zufrieden im Spiegel an und ging hinaus.

Nina beobachtete emotionslos die Menschen, die vor dem Grab standen. Theresia, Andreas Frau, wurde von einem jungen Mann gestützt. Er fiel ihr sofort ins Auge. Theresia war eine unscheinbare Frau. Was hatte ihr Vater an ihr gefunden? Ihr dunkelblondes Haar, war mit grauen Strähnen durchzogen. Ihr Gesicht besaß keinerlei Ausstrahlung, aber es war attraktiv und freundlich.

Nina merkte, wie sie anfing Theresia, zu mögen, obwohl sie sie nicht kannte. Bald wanderte ihr Blick erneut zu dem Mann neben ihr. Irgendetwas durchfuhr ihren Körper und sie sah rasch weg.
Der Sarg verschwand in dem dunklen Loch und Nina musste schlucken. Das Ende eines Lebens.

Sie folgte den anderen Trauergästen und ließ die Erde auf den Sarg herabrieseln. Das Geräusch des Todes. Ein letztes Wahrnehmbares, das von Andreas Steinberg ausging.
Sie starrte hinab in die Grube. Ihr wurde jäh bewusst, dass sie beraubt worden war, einen Satz mit ihm zu wechseln. Ein Gespräch mit ihm zu führen und seine Beweggründe zu erfahren. Warum hatte er seine einzige Tochter aufgegeben?

Sie wandte sich um und ging davon. Mit leisen Schritten ging sie auf das Ende des Friedhofs zu, als Arme ihre Schultern umfassten. Sie schreckte zurück. Ein Mann lächelte ihr schüchtern zu.

»Du bist die Nina, net wahr?«, fragte er. »Robert Steinberg, bin Andreas Bruder.«
Von Neugier erfüllt musterte sie ihren Onkel.

Sie fragte sich, ob er und ihr Vater, sich ähnlichgesehen hatten. Robert war etwa Mitte 40, und ein Mann mit dunkelgrünen Augen, die ihr vertraut vorkamen.

Jeden Tag wenn sie in den Spiegel sah, sahen sie die gleichen Augen an.

»Wir hätten dich gern kennengelernt, schon viel früher«, sagte er und musterte sie unentwegt.

Nina blieb sprachlos. Was sollte sie sagen?

Dass sie sich gerne die Mühe hätten machen können, sie zu besuchen.

»Ich vermut, du bist alleine hier?«, fragte er.

»Ja«, sagte Nina. »Meine Mutter wollte nicht kommen.«

»Ich versteh sie scho.«

»War er krank?«, fragte sie.

»Darmkrebs. War net mehr viel zu machen. Bleibst eine Weile?«, fragte Robert.

»Ich weiß nicht.«

Robert lächelte. »Es wäre mir eine Freude, wenn du mich besuchen würdest.«

»Vielleicht.« Sie verabschiedete sich und verließ endgültig den heiligen Boden.

Ursprünglich wollte sie morgen zurückfahren, aber sie überlegte es sich anders. Sie wollte ein paar Tage hierbleiben und sich auf die Spuren ihres Vaters begeben.

Was konnte es schaden, ein paar ihrer Fragen zu beantworten.

Es war ein grauer Oktobertag und sie zog ihren Mantel enger um sich, als sie durch die Ortschaft stapfte. Der Ostwind pfiff unaufhörlich um die Häuser und ließ sie frösteln.

An diesem Ort war ihr Vater geboren worden, zurückgekehrt und letztendlich gestorben. All die verschwendeten Jahre, sie waren unwiederbringlich vorbei.

Vor einem Restaurant stieß sie mit jemanden zusammen.
Sie hob den Kopf und sah in tiefblaue, strahlende Augen.
Er war es, schrie es in ihrem Kopf. Einen Moment schienen sich beide nicht zu bewegen. Ihre Augen trafen sich. Grün in Blau.
Seine Lippen bewegten sich und sie realisierte, dass er mit ihr redete.

»Wie bitte?«, fragte sie und starrte wie benommen auf seine ausgestreckte Hand.
»Dominik Sturm.«
»Nina Steinberg.«
Ihre Hände berührten sich einen Moment, als sie sich zu einem förmlichen Schütteln umschlossen.
»Hab ich mir gedacht«, sagte er und schenkte ihr ein Lächeln.
»Du hast seine Augen.«
Er legte einen Moment den Kopf schräg und betrachtete sie eingehend. Sie wartete darauf, dass er irgendetwas sagte, aber er blieb still. Stattdessen wandte er den Kopf zur Gaststätte und sie folgte seinem Blick.
»Du bist herzlich eingeladen, zu einem kleinen Umtrunk«, sagte Nick.
»Nein, Danke.«
Nachdenklich verzog er das Gesicht, als er weiter das Gebäude musterte. »Ich wäre jetzt auch lieber woanders. Theresia ist mei Schwester.« Seine Augen glitten zu Nina. »Wir sind überrascht, dass du gekommen bist.«
»Das bin ich selbst«, sagte sie.
Er lächelte und sie tat es ihm nach. »Bleibst noch länger hier?«
»Wahrscheinlich fahr ich morgen zurück«, sagte sie und merkte selbst ihr Zögern.

»Wenn du Lust hast, kann ich dir morgen ein paar Sehenswürdigkeiten von Mierlbach zeigen.«
Er grinste schelmisch und sie tat es ihm nach.
»Ich würd mich freuen«, sagte sie.
Er hob seine Hand, um durch seine, durch den Wind, ruinierte Frisur zu fahren. Die längeren, sandfarbenen, gelockten Haare, standen ihm gut. Ein dicker, goldener Ehering blitzte an seinem Ringfinger auf. Es wäre eher verwunderlich gewesen, wenn er nicht verheiratet gewesen wäre.
Sie sah auf die Uhr. Sie verabredeten sich für morgen und beide gingen ihrer Wege. Sie winkte ihm, als sie um die Ecke bog.

Schweigend, jeder seinen Gedanken nachhängend, fuhren sie am nächsten Morgen durch das Dorf. Verwirrt beobachtete sie, wie er aus dem Dorf fuhr, um gleich an einem Waldstück zu parken.
»Das sind wohl die Mierlbacher Wälder, die größte Sehenswürdigkeit auf der ganzen Welt«, sagte sie ironisch.
Er lachte und stieg aus und sie tat es ihm nach. »Nicht so ganz.«
Eine Spur von etwas Geheimnisvollen, umschloss seine Worte.
Was auf sie warten würde?
Nina hoffte, seine Frau wusste es zu schätzen, so einen Mann zu haben und hielt ihn fest. Er musterte sie eingehend. Der Mistkerl

flirtete mit ihr.

»Du bist sehr schön«, sagte er, hob seine Hand und strich ihr eine Haarsträhne hinter die Ohren.

»Oh bitte.« Sie verdrehte die Augen und er lachte auf.

Schweigend folgte sie ihm weiter durch den Wald und sie fragte sich, wie sie ihn einschätzen sollte. Auf der einen Seite wirkte er nett und introvertiert. Auf der anderen Seite selbstbewusst und machte keinen Hehl daraus, dass sie ihm gefiel. Die Routine dahinter zeigte ihr seine Erfahrung damit. Wie oft hatte er seine Frau betrogen? Bei ihm würde sie eine weitere Frau auf einer endlosen Liste sein.

»Wir sind da«, sagte er.

Seine ausgestreckte Hand deutete auf das Holzhaus, das zwischen den Bäumen stand. Nina war einen Moment sprachlos, staunte über das einfache, alleinstehende Haus. Sie rieb sich die Augen. Es würde sie nicht überraschen, wenn die Holzbretter aus Lebkuchen bestanden hätten und die Türklinke aus Zucker. Ein Haus im Wald? Das gab es im Märchen, nicht in der Realität. Warum hatte er sie hierher geführt?

»Dein Vater hat´s dir vererbt, er bat mich drum, es dir zu zeigen, falls du hierherkommen solltest.«

Sie starrte ihn mit offenen Mund an. »Mir?«

Das kam überraschend. »Warum mir?«, fragte sie.

Er zuckte die Achseln. »Deine Oma hat früher hier glebt. Seit Jahren steht`s leer, aber er hats in Schuss gehalten«, sagte er.

Fasziniert betrachtete sie es eingehend. Es war komplett aus Holz gebaut. Nina trat auf die kleine Veranda, worauf eine Bank aus dunklem Holz stand, direkt vor einem Fenster. Sie strich über das alte Holz, das die besten Tage hinter sich hatte und warf einen Blick durch das Fenster. Eine weiße, altmodische Küche, wurde sichtbar.

Sie sah zu Nick, der lächelnd den Schlüssel aus seiner Hosentasche zog. Geruhsam folgte sie ihm in das eiskalte Haus. Ein Hauch von Staub und starkem Reinigungsmitteln lag in der Luft, als sie in den kleinen Flur trat. Vor ihr lag die Küche, die sie durch das Fenster gesehen hatte. Was sie nicht gesehen hatte, war die weiße Eckbank auf der anderen Seite des Raums.
Der Rest des Hauses war gleich besichtigt. Oben waren drei Schlafräume und unten ein kleines Badezimmer, das Wohnzimmer lag direkt neben der Küche.

Nina konnte nicht begreifen, warum ihr Vater das gemacht hatte. Warum hatte er es nicht Theresia überlassen?

Seltsam benommen, nahm sie Nicks Einladung zum Essen an.

Sie fuhren zurück ins Dorf und betraten ein kleines Restaurant direkt am Marktplatz. Nina sah sich darin um, als sie an einem Tisch am Fenster saßen. »Es erinnert mich an das Restaurant meines Stiefvaters«, sagte Nina.
»Deine Eltern haben eine Gastronomie?«, fragte Nick.
»Nur Mario, mein Stiefvater.«
»Schön, dass dei Mutter wieder jemanden gefunden hat«, sagte er.
»Kennst sie?«, fragte Nina.
»Nicht wirklich. Dein Vater war ein paar mal mit ihr hier, da war ich ein kleiner Junge. Ich kann mich gut an sie erinnern, mein Bruder war Andreas bester Freund.«
»Ihr habt noch nen Bruder?«, fragte sie.
»Ja«, sagte er.

»Du kanntest mein Vater gut?«, fragte sie. »Weißt du, warum er mich nie bsucht hat?«

»Is schlimm, nicht wahr? Ich bin auch ein Scheidungskind«, sagte er. »Ehrlich gesagt, ich weiß nicht, er hat nie drüber gesprochen und ich habe ihn nie gefragt. Ich weiß, dass er dich geliebt hat.«

»Wenn er mich geliebt hätte, dann hätt er sich ab und zu um mich gekümmert.«

»Da hast wohl recht«, sagte er.

Nick war ein interessanter Mann. Sie wurde nicht aus ihm schlau. Am nächsten Morgen würde sie es weniger von sich behaupten können.

Zweites Kapitel

Eindeutig zu viel Alkohol. Dies war die einzige Erklärung, dass Nick bis auf ihr Zimmer vorgedrungen war. Der Mistkerl war am Morgen verschwunden. Ninas Kopf dröhnte, als sie mit einem Kater im Genick aufwachte. Das Bett verlassen und leer.
Die zerknautschten Laken zeugten davon, was in der vergangenen Nacht passiert war. Keine Nachricht. Was erlaubte er sich!
Sie zog die Bettdecke zurück und stand auf. Am Rande hatte er erwähnt, dass er viele Termine hatte. Zumindest hätte er eine Nachricht hinterlassen können.
Nina zog sich ihren dicksten Pulli an, den sie eingepackt hatte, ihre Lieblingsjeans und ihre Stiefel. Es war Zeit sich ihr Häuschen genauer anzusehen.
Der Weg war nicht schwer zu finden, wenn man ihn kannte. Völlig bezaubert, betrachtete sie erneut das kleine Holzhaus, als sie durch die Bäume trat. Welchen Grund, hatte ihn veranlasst, es ihr zu vererben?
Sie ging darauf zu und blieb stehen. Ein komisches Gefühl beschlich sie. Es herrschte eine andere Atmosphäre, als außerhalb des Waldes. Gestern war ihr das nicht aufgefallen, weil

sie durch Nick abgelenkt gewesen war.

Sie hörte ein Rascheln hinter ihrem Rücken und fuhr herum. Es war nichts zu sehen. Ihr wurde bewusst, wie einsam das Haus lag. Abermals dieses Geräusch. Angestrengt starrte sie umher. Möglicherweise ein Tier auf Beutejagd. Ihr ging ein Frösteln durch den Körper. Ihr Verstand glaubte nicht daran. Ein ungutes Gefühl nahm ihr Innerstes gefangen. Ihr war, als wäre gerade ein Schatten hinter dem Haus verschwunden. Hatte nicht gerade jemand gelacht?

Erlaubte sich Nick einen Scherz mit ihr? Wer sollte sich in diesem einsamen Stück Wald herumtreiben? Ein weiteres Rascheln und nun schien es von der anderen Seite des Hauses zu kommen. Genau dort, wo gerade jemand verschwunden war. Sicher war es Nick. Mit großen Schritten ging sie um das Haus herum und wollte gerade mit einer Schimpftirade starten.

Ihr Mund schloss sich schlagartig. Von Nick war weit und breit nichts zu sehen. Stattdessen stand ein kleines Mädchen vor den nackten Bäumen. Den Rücken ihr zugewandt.

»Hallo«, sagte Nina. Sie sah sich um, ob nicht ihre Eltern in der Nähe waren. Da war niemand sonst. Ihr rötliches Haar war zu einem Pferdeschwanz gebunden. Ihre Haut war durchscheinend blass. Jede Ader zeichnete sich auf der bleichen Haut ab. Das geblümte Sommerkleid, das sie trug, passte nicht zu der herbstlichen Jahreszeit. Wie konnte man sein Kind derart aus dem Haus gehen lassen?

»Hallo. Bist du allein hier?« Nina ging auf sie zu. »Hast du dich verlaufen?«

Sie trat hinter sie und wollte eine Hand auf ihre Schulter legen.

Im selben Moment drehte sie sich um. Nina starrte in die

blutunterlaufenen Augen des Mädchens. Ihre Augen wanderten weiter über ihr Gesicht, und blau-grün gefärbte Handabdrücke auf ihrem Hals. Nina erschrak und torkelte ein paar Schritte rückwärts. Was war mit ihr passiert?Hatten ihre Eltern sie misshandelt und sie war geflohen? Nina musste ihr helfen. Davon überzeugt, trat sie erneut auf sie zu.

Das Mädchen öffnete den Mund und ein lang gezogenes, spitzes und unheimliches: »Verschwinde« hallte durch die Bäume.

Fassungslos wich Nina zurück, purzelte über eine alte, verrostete Gießkanne, die im Gras lag und landete rücklings im Grünen. Nina starrte zu den Bäumen. Das Mädchen war verschwunden. Was war das bitte? Das Pochen ihres Herzens war dermaßen laut, sodass es zweifelsfrei das ganze Dorf hörte. Benommen sah sie durch die Gegend, aber sie war nicht mehr zu sehen. Wohin war sie derartig schnell verschwunden? Nina atmete tief durch. Langsam kroch die Realität zurück in ihre Glieder. Mühsam rappelte sie sich hoch. Ein erneuter, wachsamer Blick streifte die Umgebung. Nichts rührte sich.
Mit seltsam weichen Knien ging sie um das Haus herum und sah sich um. Hier deutete auch nichts mehr auf das kleine Mädchen hin.

Sie entschied, ins Dorf zurückzufahren. Im angekommen war sie alleine mit ihren Gedanken. War es Einbildung gewesen?
Sie sah hinüber zu den Bäumen, nichts mehr schien auf das kleine Mädchen hinzudeuten. Hatte es ihr einen Streich gespielt? Kinder kamen auf die dümmsten Ideen. Vermutlich lag sie mit ihren Freundinnen gerade im Gras und sie kringelten sich vor Lachen, über Ninas dämliches Gesicht. Das wird es sein.
Sie atmete tief durch und der anfängliche Schreck zerfiel zu

Staub. Überzeugt davon startete sie den Motor und fuhr ins Dorf zurück.

Die Hoffnung, Nina wiederzusehen, ließ ihn viel mehr ertragen. Ebenso eines der schrecklichen Familienessen bei seinem Vater. Viktor Sturm war ein resoluter Mann und sein Wort war oberstes Gesetz. Von klein auf hatte Nick darunter gelitten. Er liebte ihn, wie ein Sohn seinen Vater liebte.
Zumindest redete er es sich meistens ein, damit es stimmen musste. Viktor war vor seinem Ruhestand, ein erfolgreicher Arzt mit eigener Allgemeinpraxis, in Mierlbach gewesen. Paul, Nicks älterer Bruder war in seine Fußstapfen getreten.
Viktor hatte viele Frauen in seinem Leben und nicht weniger Kinder. Paul und Theresia waren Kinder aus erster Ehe, Nick aus seiner zweiten. Seit seine Mutter ihn vor einigen Jahren verlassen hatte, lebte er alleine in dem großen Haus.
»Alles in Ordnung, Dominik?«, fragte Viktor.
»Ja«, sagte Nick.
»Du wirkst heute recht zerstreut«, sagte Viktor und betrachtete Nick.
»Ich bin müde!«, sagte Nick.
Er sah hinüber zu Ben und Katja, und Ben lächelte ihm dämlich

zu. Obwohl Ben sein bester Freund war, hatte er ihm nichts erzählt. Er schien es zu erahnen.

»So so, also Nina ist hier«, sagte Viktor.

Er rieb seine Hände.

»Es ist eine Frage der Zeit, bis sie die Wahrheit über ihren Vater erfährt«, sagte Viktor.

Nick hoffte, dass sie es nie im Leben erfahren würde. Wenn er es ihr ersparen könnte. Hatte ihr Unterbewusstsein einen Hauch von dessen gespeichert, was in jenen Tagen passiert war? War ein Neugeborenes dazu in der Lage? Würde sie die Wahrheit verkraften? Die Wahrheit, die sie zerstören könnte. Der Stein war ins Rollen gekommen. Wie weit würde er rollen? Nick würde nicht von ihrer Seite weichen. Er konnte nicht im Mindesten erahnen, mit welchen Folgen diese Entwicklung enden würde.

Nick trank einen Schluck von seinem Bier, entspannte sich nach dem langen, steifen Abend. Das konnte er am besten bei Ben.

»Was ist los?«, fragte Ben.

»Ich hab ein Problem.«

»Ich denk, wir reden über Nina«, sagte Ben.

Ben hatte er nie zu keiner Sekunde irgendetwas vormachen

können.

»Ich frage mich jetzt ernsthaft, wo das Problem sein sollte? Verlass Lisa.«

»Ja, das Thema hatten wir scho«, sagte Nick.

Nick und Ben sahen sich einen Moment schweigend an.

»Ich habe sie angelogen, was das Haus betrifft, dabei war mir von Anfang an Net wohl.«

»Das Haus hat er ihr doch vererbt?«, fragte Ben.

»Ja scho. Ich habe ihr vorgflunkert, Andreas wäre mir nah gestanden, dabei habe ich seit Jahren kein Wort mehr mit ihm gwechselt«, sagte Nick.

»Warum hast es ihr überhaupt gezeigt«, fragte Ben.

»Weil ich ... braucht einen Grund, um sie wiederzusehen, mir fiel nichts Besseres ein. Ich wollte nicht, dass sie gleich abreist«, sagte Nick.

Nick verzog das Gesicht. »Und hab mit ihr geschlafen. Ich weiß nicht, wie das passieren konnt.«

Ben nickte schweigend. »Willst ihr sagen, dass du sie seit ihrer Geburt kennst?«, fragte Ben.

»Bist du wahnsinnig? Die Fragen, die darauf folgen würden, wären net angenehm für Maria«, sagte Nick.

»Also, belügst sie weiter, das nimmt kein gutes Ende.«

»Ich weiß«, sagte Nick. »Ich mach mir Sorgen. Hast du eigentlich an die Geschichten glaubt, dass es im Wald spuken soll?«

»Damit wurden doch immer die Kinder erschreckt, damit sie nicht in den Wald laufen«, sagte Ben.

»Hast du dich auch gefragt, warum sie darin nichts verloren haben sollen?«, fragte Nick.

Ben öffnete den Mund und schloss ihn. Darauf wusste er keine

Antwort. Irgendwie musste da was dran sein.
Hatten sie das Recht, ihr alles zu verheimlichen?
Dachten sie, sie könnte mit der Wahrheit nicht besser umgehen, als es schien.

Bis zu seinem Anruf, am nächsten Tag, hatte sie nichts mehr von ihm gehört. Nick lud sie zum Essen ein. Über die Begegnung am Haus hatte sie sich den ganzen Tag über keine Gedanken mehr gemacht. Als er sich am Abend nicht gemeldet hatte, war sie froh darum gewesen. Somit hatte sie sich nicht mit ihm auseinandersetzen müssen.
»Nun komm schon«, bettelte er.
»Ein Essen unter Freunden. Ich bin ganz brav.«
Sie musste Lachen.
»Das war mei völliger Ernst«, sagte Nick.
»Glaube ich dir sofort«, sagte sie und seufzte.
»Na gut. Komm eine Minute zu spät, und ich komm nicht runter.«
»Verstanden.«
Sie freute sich auf heute Abend. Ihn wiederzusehen hob ihre

Laune überraschenderweise deutlich. Sie zog ihren Mantel an, verließ das Zimmer und ging hinunter. Er lehnte an seinem Wagen und starrte auf sein Handy.

Er sah wahnsinnig gut aus in seiner Jeans und dem hellblauen Hemd, das seine Augen perfekt zum Strahlen brachten.

Als sie näher kam, sah er auf, sie lächelte und war bald bei ihm angekommen.

»Starr mich nicht so an«, sagte sie lachend.

»Ich kann nicht anders. Du bist wunderschön.«

»Danke«, sagte Nina. Sie merkte, wie ihr das Blut in die Ohren stieg. Er öffnete ihr die Beifahrertür und kurz darauf fuhren sie los. Eine viertel Stunde später, saßen sie in einer Pizzeria. Samstag Abend waren fast alle Tische mit Paaren, oder Familien besetzt. Ein monotones Stimmengewirr ging durch den Raum, als sie beide Lasagne bestellten. Wie sie feststellen, zählte sie bei beiden zu ihrem Lieblingsessen.

Dieser Abend würde nicht enden, wie der Letzte, den sie zusammen verbracht hatten. Zumindest hatte sich das Nina vorgenommen.

Einen Augenblick später kam die heiße Köstlichkeit an ihren Tisch und sie widmeten sich ihrem Essen.

»Ich war gestern beim Haus«, sagte Nina.

»Hast dich langsam an den Gedanken gewöhnt?«

»Ich kann es immer noch nicht glauben. Warum hat er es mir vererbt und nicht Theresia überlassen?«, fragte Nina.

»Weil du ihm nicht so egal warst, wie du angenommen hast?«

Eine logische Erklärung, warum hat er nie versucht, mit ihr Kontakt aufzunehmen? Nicht um sie gekämpft, wie schwer es Maria ihm gemacht haben mochte. Es ging ihr nicht aus dem

Kopf.

»Ich frage mich, ob deine Frau dich Samstag Abend nicht vermisst.« Nina betrachtete eingehend seine Reaktion.

Er lächelte. »Lisa vermisst mich schon lange nicht mehr«, sagte er.

Er sah ihr in die Augen. »Willst jetzt wirklich über mei Frau reden?«

»Ich will nur verstehen, warum du mich eingeladen hast«, sagte Nina.

»Weil ich gerne mit dir zusammen bin, ist das so schwer zu verstehen?«

Nick zahlte die Rechnung, während sie schwieg. Anschließend brachen sie auf. Auf dem Weg zum Auto griff er nach ihrer Hand. Sie war rau und angenehm warm. Nina vermied seinen Blick, strich nachdenklich über seine Fingerkuppen, als sie die Straße entlang gingen. Sie sah zu ihm auf. Er betrachtete sie intensiv. Nina lief ein Schauer über den Rücken.

Er strich sanft über ihre Hand, hob sie hoch, und küsste ihren Handrücken.

Was gerade passierte, gefiel Nina nicht. Wie vom Blitz getroffen, zog sie ihre Hand zurück. Im Auto schwieg sie.

»Hör auf damit«, sagte sie.

»Was habe ich falsch gmacht?«

»Du sollst dich nicht in mich verlieben.«

»Habe ich nicht vor«, sagte er. »Wie ich schon sagte, ich bin nur gern mit dir zusammen.«

Er parkte an der Pension.

»Du bist weit weniger unwiderstehlich, als du denkst.«

Was bildete sie sich ein.

»Dann is ja gut«, sagte sie und hob ihren Kopf in die Höhe, als sie aus seinem Auto ausstieg und im Hotel verschwand.

Drittes Kapitel

Langsam ging Theresia durch den Wald. Lauschte in die Stille hinein, die herrschte. Nichts war zu hören, außer dem Rauschen des Windes. Sie hielt sich gerne in dem Waldstück auf, weil sich eine gewisse Ruhe über ihr Herz legte. Sie danach wieder frei durchatmen konnte. Es ihre Gedanken ordnete, doch heute schien das nicht zu funktionieren.
    Andreas Steinberg war nicht mehr. Viele Gedanken fielen über sie her, die lange, tief in ihrem Unterbewusstsein vergraben waren.
    Wenn man einen Menschen liebte, machte man das aus tiefstem Herzen. Theresia hatte ihren Mann geliebt, und nicht wahrhaben wollen, welch ein anderes Gesicht er hatte.
Eine Stimme in ihr hatte sie ständig gewarnt. Sie hatte dieser Stimme nicht zuhören wollen. Nicht seine Frau, war vor dem Gefängnis gestanden, als er vor vielen Jahren entlassen worden war, sondern sie. Wie sehr sie ihn geliebt hatte, er tat es umso weniger. Sicher hatte sie nicht die Schönheit vorzuweisen, wie Maria sie besessen hatte, aber mit Sicherheit hatte sie ihre Vorzüge gehabt.
    Beinahe wäre sie über einen Ast gefallen. Sie stützte sich an dem nächsten Baum ab und sah in den Wald hinein.

Augenblicklich erstarrte sie. Das war unmöglich.
Verlor sie den Verstand? Bildete sie es sich in ihrer Trauer ein? Eine Gestalt! Die sich auf sie zubewegte. Zwischen den Bäumen war sie klar zu erkennen. Jemand schrie, sie bemerkte nicht, dass sie es war. Sie stürzte davon. Das Laub brachte sie zum Straucheln. Sie fiel über einen Ast, rappelte sich eilig hoch und rannte weiter. Irgendetwas war hinter ihr her.
Ersehnte das Ende des Waldes herbei. Sie wusste, dass sie inmitten des Waldes war, und weit weg von der Straße, die in das Dorf führte. Keiner würde ihr helfen und niemand konnte es.
Schnell eilte sie weiter, zwischen die Bäume hindurch. Als sie sich erneut umwandte, war sie alleine. Überrascht blieb sie stehen und drehte sich einige male im Kreis, es war nichts mehr zu sehen.

Ihre Hand legte sich auf ihr Herz, das sich zu überschlagen schien, so schnell pochte es. Skeptisch ging sie weiter, auf das Ende des Waldes zu. Vielleicht war es der wenige Schlaf. Deswegen war sie überspannt und sah Dinge, die es nicht geben durfte.
Sie sah erleichtert, wie sich das Gehölz lichtete.
Gerade wollte sie durch die Bäume springen, als jemand sie von hinten packte.

Ein weiterer Schrei verhallte, den niemand hörte, gefolgt von einer Stille, begleitet vom Rauschen des Windes.

Mut hatte Nina bisher gefehlt, auf Theresia Steinberg zuzugehen. Müsste sie sie nicht aus tiefstem Herzen hassen? Warum empfand sie es nicht? Obwohl sie Theresia nicht kannte, hatte sie positive Gefühle ihr gegenüber.

Erschrocken sah sie zur Beifahrerseite, weil die Tür aufsprang und Nick auf den Sitz kletterte.

»Hi!«, rief er freudestrahlend.

»Nick!«, rief sie tief erschrocken und sah ihn vorwurfsvoll an.

»Bist du verrückt, dich so heranzuschleichen.«

»Hab ich gar nicht, habe an das Fenster geklopft, aber du hast mich nicht gehört. Was treibst hier, stalkst du meine Schwester?«, fragte Nick.

Sein Grinsen machte sie wütend. Nach ihren harten Worten vor zwei Tagen hatten sie sich nicht mehr gesehen.

»Nein, sicher nicht«, sagte sie und verschränkte die Arme.

»Was treibst dann hier?«, fragte er und sie betrachtete ihn eingehend.

»Der Anzug steht dir«, sagte sie.

Er hob die Augenbrauen und lockerte seine Krawatte.

»Lenke nicht ab, also was machst hier?«

»Ich wollte mit ihr reden.«

»Aber?«, fragte Nick.

»Was ist, wenn ich sie mag?«, fragte sie.

»Wäre das schlimm?«, fragte er und lehnte sich zurück.

Nina war gefangen in diesem Anblick. Nick strahlte irgendetwas aus, dass sie von Anfang an in den Bann gezogen hatte. Sanft schüttelte sie den Kopf, um klar darüber nachdenken zu können, was er sie gefragt hatte.

Wenn es um Theresia ging, war sie im Zwiespalt. Der Hass ihr gegenüber, den sie die ganze Jugend über gefühlt hatte, war nicht mehr derart intensiv. Mehr noch, sie wollte Theresia kennenlernen, nicht aus dem Grund, weil sie die Antworten auf Ninas Fragen wüsste. Und doch zögerte sie dabei.

»Ich habe sie all die Jahre gehasst, weil sie mir meinen Vater weggenommen hat«, sagte Nina.

»Wenn du dich nicht wohlfühlst, dann lass es«, sagte Nick.

Sie musterte ihn.

»Geh da nicht rein, wenn du denkst, es ist nicht richtig«, sagte Nick.

Er hatte nicht unrecht. Nina war erleichtert, weil sie eine Entscheidung getroffen hatte.

»Was treibst du eigentlich hier?«, fragte sie.

»Ich wollt dich sehen, können wir uns nicht woanders treffen?«, fragte Nick.

»In 2 Stunden?« Sie sah auf die Uhr. »Im Hexenhaus.«

»Gut, dann treffen wir uns dort.«

Er sprang aus dem Auto. Mit ihm alleine, in diesem abgelegenen Haus, gefiel ihr nicht. Es löste ein angenehmes Kribbeln in ihr aus.

Ein Seufzer entfuhr ihr, als sie losfuhr. Auf dem Weg zum Haus streifte sie mit klopfenden Herzen durch die Bäume, nichts Ungewöhnliches regte sich.

Erleichtert näherte sie sich dem Haus, ging die morsche Treppe hinauf und trat an die Tür.

Innerlich beruhigt schloss sie die Tür auf, und betrat ihr Erbe.

Die Erleichterung erlosch sofort, als sie ein paar Schritte hineingegangen war. Eine Erinnerung aus ihrer Kindheit leuchtete auf, die sie bis heute begleitete. Sie war derart real, sodass sie erst nicht realisierte, was genau sie sah.

Ihre erste Tote, sah sie mit 9 Jahren. Es war Marios Mutter, sie hatte die letzten Monate ihrer Krankheit, in der Einliegerwohnung unter ihnen gewohnt. Sodass man sich um sie kümmern konnte.

Nina hatte sie Großmutter genannt und sie hatte sie, wie ihr eigenes Enkelkind behandelt. Nina behielt sie bis heute in liebevoller Erinnerung.

Sie bekam die Krankensalbung, während sie im Obergeschoss saß, sich vorstellte wie sie als schemenhafter Geist nach oben kam. Wohl möglich wollte sie sich von Nina verabschieden. Als Kind hatte man eine blühende Fantasie. Sie hatte keine Ahnung, dass sie über 10 Jahre später, einen wirklichen Geist sehen würde. Ihre Großmutter kam an diesem Abend nicht hinauf. Nina sah sie nicht wieder, sie war in Frieden zu Gott gegangen. Nach all den Jahren erinnerte sie sich, wie die Bestatter sie in den mit weißen Satin ausgelegten Sarg legten. In ihren gefalteten Händen hielt sie einen Rosenkranz, friedvoll mit sich im Reinen, war sie für die Ewigkeit eingeschlafen.

Ein Mädchen stand an der Tür zum Wohnzimmer. Sie sah Nina durchdringend, ja, trotzig an. Ihre Gestalt war weder schattenhaft flimmernd oder grau. Eher wie die Körpermasse eines Menschen, aber Nina wusste, der Körper vor ihr hatte nichts Menschliches mehr in sich. Kein Herz schlug mehr in dessen Brust. Rotes Blut floss nicht mehr durch die Adern.
Die Augen waren dunkel, wie der Tod. Dunkel wie alles sonst, was sie in ihrem Leben gesehen hatte.

Sekundenlang starrte sie Nina an, drehte sich um und

verschwand durch die Tür.

Langsam schloss sie den Mund, ohne es zu bemerken. Ihre Knie waren weich wie Pudding. Sie musste sich zwingen zur Küche zu gehen, sich auf die Eckbank zu setzten und tief durchzuatmen.

Ihre Hände zitterten, ihr Mund war trocken. Sie begann sich zu fragen, ob sie das tatsächlich gesehen hatte.

Es fiel ihr schwerer, es als einen Streich abzutun. Hatte sie geträumt? Sie kniff sich in den Arm und stöhnte auf, weil es wehtat.

Sie hatte nicht an Geister geglaubt, sich keine Gedanken gemacht, ob es sie geben könnte. Und doch war sie sich sicher, dass sie gerade einen gesehen hatte. Ein Gefühl von Irrealität durchflutete sie. Was war hier los?

Als Nick durch die Tür kam, war ihr Verstand bis zu einem gewissen Grad wieder klar.

Vor einer halben Stunde hatte sie die alte Zentralheizung angestellt, irgendetwas war damit nicht in Ordnung. Sie zeigte eine Störung an. Es war bitterkalt und der Wind blies unaufhörlich, um das Haus herum.

Er hatte zwei Kartons, mit warmer, knuspriger Pizza im Arm,

und eine Flasche Wein.

»Hunger?« Er hob die Kartons wie eine Trophäe in die Luft.

»Du bist mei Held«, sagte Nina.

»Na hoffentlich.« Er stellte die Kartons ab und sah sich um.

»Was hast du nun damit vor?«

»Keine Ahnung.« Ihr Blick schweifte umher, bevor sie sich setzten. Die Pizza brachte Wärme in ihren Körper und der Wein tat sein übriges.

»Vor allem muss es geputzt werden, die Glühbirnen sind alle kaputt und die Heizung läuft nicht«, sagte Nina.

»Ich habe morgen Zeit, ich kann dir helfen.«

Sie war dankbar um sein Angebot.

Nachdem sie gegessen hatten, heizten sie den Kamin an, der im Wohnzimmer stand. Sie setzten sich auf den Teppich davor, langsam wurde ihnen warm.

»Willst du hier wirklich schlafen? Es ist bitterkalt.«

»Es geht scho«, sagte Nina.

»Ich will morgen nicht kommen und dich vom Boden kratzen«, sagte Nick.

»Vielleicht sollt ich in der Pension schlafen.« Nina schien darüber nachzudenken.

»Ich kann dich mitnehmen.«

»Oh, nein, kommt nicht in Frage«, sagte sie abwehrend.

»Ich lasse dich nicht hier. Wenn du nicht zu mir willst, bringe ich dich zu Freunden.«

»Ich kann doch nicht bei fremden Leuten übernachten.« Nina betrachtete ihn empört.

»Ich versichere dir, dass sie keine Serienmörder sind. Ben ist mein bester Freund«, sagte Nick.

»Es ist kein Problem, ich kann in die Pension gehen«, sagte sie.
»Ben ist Heizungsbauer, wir können ihn gleich fragen, ob er morgen Zeit hat.«
Sie seufzte. »Na gut, weil du es bist.«

Er zog sein Handy heraus und telefonierte kurz mit dem Anti-Massenmörder, danach machten sie sich auf den Weg.
Ben und Katja wohnten im Neubaugebiet von Mierlbach. Es konnte nicht lange her sein, dass es erbaut worden war. Es roch förmlich nach frischer Farbe. Sie fragte sich, ob Nick es gebaut hat, als er klingelte.

Die Tür wurde sofort geöffnet. Überraschenderweise war es ein kleines Mädchen, das sie mit großen, schläfrigen Augen ansah.
»Onkel Nick«, schrie sie freudig.
Nick nahm sie auf den Arm und trug sie hinein.
»Das ist Emma, Mei Patenkind«, erklärte Nick.
Die Kleine quietschte und ringelte sich vor Lachen, als er sie unter den Armen kitzelte.

Nina musste lächeln, bei diesem Anblick. Im nächsten Moment kam ein großgewachsener, schwarzhaariger Mann in den Flur. Das musste Ben sein. »Du solltst doch im Bett sein«, rief er erstaunt.
»Ben Hoffmann«, stellte er sich vor, und gab Nina die Hand.
»Entschuldigt einen Moment, die kleine Erbse muss ins Bett.« Er nahm Emma auf seine Arme und trug sie hinauf.

Bens Frau folgte ihrem Mann gerade aus der Küche. Einen Moment war Nina perplex. Das war unmöglich.
»Nina«, rief sie erstaunt.
»Katja«, antwortete Nina überrascht, und umarmte sie.
»Oh, was für eine Überraschung«, sagte Katja.

Die beiden Frauen hielten sich an den Händen und vergaßen alles um sich herum.
»Ihr kennt euch?«, fragte Nick.
»Wir waren zusammen in der Schule und haben uns danach aus den Augen verloren«, sagte Nina.
Ben war ebenso erstaunt, als er nach ein paar Minuten herunterkam, und die beiden Frauen vertraut miteinander vorfand. Nach Nicks Erklärung zogen sich die beiden zurück.
Ben reichte ihm ein Bier und er trank einen Schluck.
Im gleichen Moment klingelte sein Handy. Sein Vater. Warum gerade jetzt? Er sollte hingehen. Ansonsten würde er den ganzen Abend keine Ruhe mehr haben.
»Komm sofort«, sagte Viktor.
»Hat das nicht bis morgen Zeit?«, fragte Nick.
»Komm sofort, Theresia, es ist was passiert.«

Egal was er versucht hatte. Aus seinem Vater war nichts weiter herauszubekommen. Er hatte aufgelegt, und Nick besorgt zurückgelassen.
Er war sofort aufgebrochen, um zu erfahren, was geschehen war. Die Haushälterin seines Vaters, Ilse, brühte gerade Tee auf. Nick hatte sich zu ihr in die Küche gesetzt. Seine Gedanken

geordnet.

Der Förster hatte Theresia gefunden, kurz vor dem Erfrieren, in der Nähe des Baches. Sie schien zum Glück nur leichte Verletzungen, bei dem Sturz davon getragen zu haben, und stand unter Schock. Zumindest ging sein Vater davon aus, dass es ihr Morgen besser ginge und sie erfahren würden, was passiert war.

Nina und Ben hatten ihn begleiten wollen, er hatte dankend abgelehnt. War schlimm genug, wenn er um seinen Schlaf beraubt wurde.

Sein Vater kam in die Küche, und ließ sich von Ilse einen Tee reichen. Wenn er seinen Vater in letzter Zeit sah, wunderte er sich ständig, wie alt er geworden war. Er schien besorgt, Nick konnte es ihm nicht verdenken. Man konnte sagen, was man wollte, für seine Kinder würde er durchs Feuer gehen.

»Sie schläft«, sagte er, und nahm einen Schluck des heißen Kräutertees. Nick begnügte sich lieber mit einer Flasche Bier.

»Hat sie gar nichts gesagt?«, fragte Nick und Viktor schüttelte den Kopf.

»Der Förster meinte, sie hätte Glück gehabt, es war eine milde Nacht für die Jahreszeit«, sagte Viktor.

»Was wollte sie dort, hast eine Vermutung?«, fragte Nick.

Viktor zuckte die Achseln.

»Sie geht oft im Wald spazieren, das tat sie schon immer. Vermutlich ist sie gestürzt und wurde bewusstlos«, sagte Viktor.

Viktor schien eine Sache daran zu stören.

»Na los, sag schon, wo ist der Haken bei der Theorie?«, fragte Nick.

»Nichts deutet darauf hin, dass sie sich den Kopf irgendwo gestoßen hätte, was nichts heißen muss.«

Nick konnte ihm nur zustimmen. Nachdenklich nippte er an seiner Flasche.

»So, ich werde jetzt ins Bett gehen, braucht ihr noch was?«, fragte Ilse.

»Danke Ilse, geh ruhig, gute Nacht«, sagte Viktor, und Ilse ging hinaus.

»Keine schlechte Idee«, sagte Viktor, als er ihr nachsah.
Sein Gesicht zeigte sichtliche Erschöpfung.

»Leg dich hin, sie schläft.« Nick stand auf, um nach Hause zu fahren.

»Ich komm morgen früh vorbei«, sagte Nick und ging aus der Tür.

Die Sache war seltsam. Er war müde, zu müde, um klare Gedanken fassen zu können. Sein Haus war dunkel, als er in die Einfahrt fuhr.

Er stieg aus seinem Auto und betrachtete das Eigenheim, als er auf die Tür zuging. All seine Ideen und sein Herzblut steckten darin. Zwei Jahre hatte er gebraucht, bis es komplett fertig war.

Er hatte ständig eingelenkt, wenn es um Lisas Wünsche ging. Ebenso bei der Einrichtung. Er hatte sich die weißen, glänzenden Möbel gefallen lassen, weil er keine Lust auf Diskussionen gehabt hatte. Wie er diese klinische, kahle Einrichtung verabscheute.

Er ging gleich nach oben und warf einen Blick ins Schlafzimmer, ging weiter den Flur entlang. Lisa schlief tief und fest.

Seit zwei Monaten schlief er im Gästezimmer. Lisa hatte auch das mit stoischer Ruhe aufgenommen. Ab und an wollte er sie schütteln und fragen, ob sie überhaupt noch lebte.

Wie konnte sie behaupten, ihn zu lieben. Warum hatte sie es von

Anfang zugelassen, dass sie sich mehr und mehr entfernt hatten. Früher hatte es ihn traurig gemacht. Heute war es ihm egal.
Der Tag war lang und anstrengend gewesen, und er war froh, dass er vorbei war.

    Er rollte sich im Bett ein, den Blick auf das Fenster gerichtet. Der Schlaf übermannte ihn augenblicklich.

Viertes Kapitel

Nick half Ben, die alte Heizung zum Laufen zu bringen.
Sie befreite die Kommode im Wohnzimmer vom Staub, und sah sich die Bilder, die darauf standen, eingehend an. Robert Steinberg war auf einem zu sehen. Der Mann neben ihm, müsste sein Bruder sein. Andreas Steinberg. Sein Bruder. Ihr Vater.
Ein kleiner Schreck folgte, als sie am Rand des Bildes das Mädchen entdeckte, das ihr in diesem Haus begegnet war.
Wenn sie auf diesem Foto ein paar Jahre jünger zu sein schien. Sie sah scheu lächelnd zu den zwei Männern auf. Nina schrak auf, als Nick schlagartig neben ihr stand.
»Tut mir leid, ich wollt dich nicht erschrecken.«
Sie winkte ab und deutete auf das Bild. »Kennst du sie?«, fragte Nina.
Er betrachtete das Bild. »Martina Steinberg, deine Tante«, sagte er.
»Was ist mit ihr passiert?«
»Sie verließ vor über 20 Jahren das Dorf«, sagte Nick.
Bevor sie irgendetwas erwidern konnte, nahm er den Werkzeugkoffer, den er neben der Wohnzimmertür abgestellt hatte, und ging hinunter.
Sie stellte das Foto zurück. Verwirrt hatte sie seinen

erschrockenen Blick gesehen. Ihm war es unangenehm gewesen, dass sie ihn nach ihr gefragt hatte. Weshalb?
Ihr Onkel konnte ihr wahrscheinlich mehr Antworten geben.
Sie sollte ihn bei Gelegenheit besuchen.

Ben hatte es geschafft, die Heizung zum Schnurren zu bringen. Er war lange fort, als Nick damit beschäftigt war, die Birnen im ganzen Haus auszuwechseln. Im Haus wurde es langsam warm.

Später konnte sie ein heißes Bad im sauberen Badezimmer nehmen. Das Haus wurde zu einem Heim.

Am Abend kochte sie für sie beide. Beim Essen herrschte zuerst Stille. Eine Spannung, ein Knistern, zwischen ihnen.

»Ich würde dich jetzt so gerne küssen«, sagte er.

Ein Grinsen legte sich auf ihre Lippen. So kinderleicht würde sie es ihm nicht machen.

Sein Gesicht wanderte näher, und seine Lippen waren anziehend und verdammt nahe.

»Nachtisch?«, fragte sie. Ihre Lippen Millimeter voneinander entfernt.

Sie sprang auf. Sein Gesicht sprach Bände. Ein Lächeln umspielte ihre Lippen, als sie in die Küche ging.

Lächelnd richtete sie die kleinen Kuchen auf Teller, und ging hinaus. Bevor sie die Teller auf den Tisch stellen konnte, zog er sie auf seinen Schoss.

Er verschloss ihre Lippen mit dem Mund. Die Teller fielen zu Boden, das Scheppern des Porzellans, nahmen beiden nicht wahr. Nina schlang die Arme um seinen Rücken. Minuten später löste er sich von ihr.

Na gut, das war nicht schlecht. Trotzdem löste sie die Hände um ihn, und stand auf.

»Nein. Bleib hier!«, rief er. Er zog sie zu sich. Nina landete erneut auf seinem Schoß.

»Du willst wohl mehr!«, sagte sie.

Sie fing an ihre Bluse aufzuknöpfen.

»Nina«, flüsterte er und hielt ihre Hände fest. Er brauchte einen klaren Verstand.

»Was?«, fragte sie.

Ihre dunkelgrünen Augen, waren unergründlich auf Nick gerichtet. Nachdenklich sah Nick zu ihr. Einen Moment lang legte sich Besorgnis über sein Gesicht. Eine Sekunde. Ein flüchtiger Augenblick. Bevor er sie wieder küsste.

Im Haus war Ruhe eingekehrt. Still und in tiefster Finsternis, lag es zwischen den Bäumen.

Nina war in einen Halbschlaf verfallen. Unruhig wälzte sie sich hin und her. Sie spürte Blicke um sich herum. Irgendetwas beobachtete sie. Bildete sie es sich nur ein?

Im Moment war sie überspannt. Das Mädchen in diesem Haus hatte sie sich nicht eingebildet. Dessen war sie sich sicher.

Schleifende, langsame Schritte ertönten. Nina riss es aus dem Schlaf und war sofort hellwach. Ihre Augen weiteten sich.

Sie wusste nicht, was es gewesen sein könnte.

Nick schlief friedlich neben ihr. Da war es erneut. Um besser hören zu können, drehte sie ihr Gesicht zur Tür.

Etwas Warmes stieg ihren Oberkörper hoch, als sie vernahm, das es Schritte waren. Schritte, die gerade die Treppe hochkamen. War jemand im Haus? Ein Einbrecher?

Gebannt und gelähmt starrte sie auf die Tür.

Sie wollte Nick wecken, wollte nicht hinsehen, umso mehr war sie zu verängstigt, um eines von beiden zu tun.

Unausweichlich hörte sie, wie sie den Flur entlang kamen. Näher auf das Schlafzimmer zu. Plötzlich war es wieder still. Immer noch bewegte sie sich nicht und starrte auf die Tür. Sie bewegte sich. Langsam schwang sie auf. Millimeter um Millimeter. Etwas war dort zu sehen. Es waren Augen, die sie anstarrten.Ein Schauer lief ihren Rücken hinunter. Die Tür ging vollständig auf. Die weißen Augäpfel, bekamen einen Körper. Ein Junge.

Interessiert sah er zu ihr, und zu Nick hinüber.

Sein Blick blieb an ihm hängen. Interessiert musterte er ihn eine Weile. Sie starrte wie gebannt auf ihn. Die Bettdecke eng an sich gedrückt. Ein Lächeln umspielte seine Lippen.

Nina hielt die Luft an, und konnte sich nicht bewegen. Konnte nichts sagen. Wie gerne sie wissen wollte, was er von ihnen wollte. Sie bekam nichts heraus.

Er hob die Hand, winkte ihr zu, und er löste sich in Nichts auf. Erstarrt blickte sie auf die Stelle, wo er gerade verschwunden war.

Langsam legte sie sich auf das Kissen zurück. Sie bemerkte, wie sich Nick bewegte, und einen Arm um sie schloss, und weiterschlief. Sie mit diesem Grauen alleine ließ.
An Schlaf war nicht mehr zu denken.
Mit angehaltenen Atem horchte sie in die Nacht hinein.

Erst als es dämmerte, entspannte sie sich allmählich. Der Knoten in ihrer Brust löste sich. Als es hell war, wirkte das alte Häuschen weit weniger beängstigend.

Vorsichtig wandte sie sich unter Nicks Arm heraus, und stand auf. Sie zog sich an und ging nach unten. Nachdem sie die Kaffeemaschine angestellt hatte, zog sie ihren Mantel über und ging aus dem Haus, die Treppe hinunter. Sie sah in alle Richtungen, aber von dem Schrecken der letzten Nacht, war nichts mehr zu greifen. Obwohl sie überzeugt war, dass sie es sich nicht eingebildet hatte, hoffte sie für ein Zeichen.
Irgendetwas das ihr sagte, dass es den kleinen Jungen in ihrem Haus gegeben hatte.

»Was machst hier draußen?«, fragte Nick, der an die Tür kam. Sie versuchte ihren Schreck, zu verbergen, den er ihr gerade bereitet hatte.
»Komm rein, es ist arschkalt.«
Nina tat ihm den Gefallen und widmete sich dem Frühstück.
»Du siehst müde aus«, sagte er.

»Ich habe nicht gut gschlafen.«
»Ich hoffe, das lag nicht an mir«, sagte er.
Sie schüttelte den Kopf.

Kurz war sie versucht, ihm von dem nächtlichen Besucher zu erzählen. Ließ es aber bleiben. Einen Moment betrachtete sie ihn beim Essen. »Wann musst du los?«, fragte sie.
»Gleich«, sagte er. »Wann fährst du eigentlich wieder heim?«
»Willst mich loswerden?«, fragte Nina.
»Oh Gott, nein, ganz im Gegenteil.«
»Noch eine Weile. Ich habe Urlaub«, sagte sie.
»Gut. Sehen wir uns heut?«, fragte er.
»Ruf mich an.«
Er küsste sie, und verschwand durch die Tür.

Sie hätte sich nie im Leben auf ihn einlassen dürfen. Wo sollte das enden? Nina vertagte ihre Gedanken auf später, ging nach oben, um zu duschen.

Nina war ins Dorf gefahren, um Besorgungen zu machen.
Sie brauchte ein Geschenk für Ben, der Morgen seinen Geburtstag feierte und sie eingeladen hatte.

Was sollte sie ihm schenken? Gut kannte sie ihn nicht und Katja hatte gemeint:

»Bring Alkohol mit, das freut ihn immer!«

Diesen hatte sie besorgt und kam gerade bepackt aus dem Geschäft.

Jemand stieß mit ihr zusammen. Als sie aufsah, erkannte sie Theresia.

»Oh, hallo«, sagte Nina.

»Nina, nicht wahr?«

Endlos lange hatte sie die Begegnung mit ihr hinausgezögert. Nun lief sie ihr an diesem Morgen unvorbereitet über den Weg.

»Ich wollte schon lange mal vorbeikommen«, sagte Nina.

»Ich weiß, es ist für dich sicher nicht einfach.«

Theresia schlug vor, zusammen in das Café am Marktplatz zu gehen. Sie konnte nicht ablehnen.

»Nick hat mir von deinem Unfall erzählt, ich hoffe, dir geht´s wieder gut?«, fragte Nina.

Theresia winkte ab.

»So was Dummes, ist mir noch nie passiert, ich bin gestolpert und schon weiß ich von nichts mehr.«

Nina lächelte, sie schien sich gut erholt zu haben.

»Er wollte dich immer besuchen. Dei Mutter ist auch nicht unschuldig, sie hat es ihm schwer gemacht«, sagte Theresia.

Das hatte Nina gewusst, und hatte es ihrer Mutter nie verziehen.

»Er redete oft über dich, er kannte dich ja kaum, aber er hat dich geliebt«, sagte Theresia.

Das hatte Nina endlos oft gehört. Nina glaubte es nicht, sie konnte es nicht.

»Als es dem Ende zuging, wollte er so gerne mit dir reden, aber soweit kam es nicht mehr.«

»Warum hat er mir das Haus vererbt?«, fragte Nina.

»Irgendwie wollte er Wiedergutmachung leisten«, sagte Theresia.

Nina nickte.

»Er hat es viele Jahre bereut, dass er nicht mehr um dich gekämpft hat und dich kennenlernen konnt.«

»Ich bedaur es auch. Hast vielleicht ein aktuelles Bild von ihm?«, fragte Nina.

Theresia lächelte, holte ihren Geldbeutel aus ihrer Tasche und zog ein Passfoto von Andreas Steinberg heraus.

»Du kannst es behalten.« Theresia stand auf.

»Mein herzlichstes Beileid.«

Theresia nickte. »Dir auch«, sagte Theresia.

Sie winkte und verließ das Restaurant.

Nina starrte auf das Bild. Hatte sein Gesicht vor Augen. Sie schloss die Augen und stellte sich vor, wie er sie im Arm hielt. Er sie an sich drückte und auf die Stirn küsste.

Plötzlich war es, als hätte sie es in Wirklichkeit erlebt.

Oder redete sie es sich ein? Sie öffnete die Augen und erschrak.

Nick saß grinsend vor ihr und beäugte sie eingehend.

»Musst mich erschrecken?«, fragte sie.

»Hast du meditiert?«

»Geht dich nichts an.« Sie trank einen Schluck von ihrem Kaffee.

»Was machst du hier?«

»Zufällig wollte ich gerade zu Mittagessen.« Er sah auf das Bild in ihrer Hand. »So alt ist das noch nicht. Wo hast das her?«, fragte Nick.

»Von deiner Schwester. Ich habe sie zufällig getroffen«, sagte Nina.

»Theresia?«, fragte er.

»Ich dachte, du hast nur eine Schwester.«

»Ja, sicher«, sagte Nick.

Sie sah ihn einen Moment eingehend an, wie er die Speisekarte studierte.

»Es scheint ihr wieder gut zu gehen«, sagte Nina.

»Ja, am nächsten Morgen, ging es ihr schon wieder besser. Hunger?«

»Nein«, sagte Nina.

»Na, komm, ich lad dich auch ein.«

Sie zog ihre Jacke an.

»Dann bleib doch wenigstens hier, ich hass es alleine, zu essen«, sagte er.

»Frag doch dei Frau, ob sie dir Gesellschaft leistet.«

Nina wühlte in ihrer Tasche und sah auf. Er schien sichtlich gekränkt zu sein. Sie gab nach.

»Tut mir leid.« Sie zog ihre Jacke aus.

Für sein Grinsen hätte sie ihm am Liebsten eine Ohrfeige verpasst.

Sie bestellte eine Suppe, sie konnte etwas Wärmendes gebrauchen.

»Ich hole dich zur Party ab«, sagte Nick.

»Ich kann allein fahren«, sagte Nina.

»Na gut. Du bist nicht gut darin, Hilfe anzunehmen.«

»Doch, wenns nötig ist.«

Er verdrehte die Augen.

»Das habe ich gesehen«, sagte sie.

»Das solltest auch.«

»Werde nicht frech, Dominik!« Sie hob den Zeigefinger.

»So nennt mich nur meine Familie«, sagte Nick.

»Ich weiß.«

»Willst zu meiner Familie gehören?«, fragte er.

Nina begriff, auf was er hinauswollte und ruderte zurück.

»Sicher nicht, Nick.« Sie wischte sein Grinsen von dem Gesicht.

»Schade, ich habe schon einen Verlobungsring kauft«, sagte er.

Sie starrte ihn nieder.

»Das war ein Scherz.«

»Ist mir bewusst«, sagte sie.

»Bei dir weiß man ja nie.«

»Ich will es dir ja auch nicht zu einfach machen, du Bigamist«, sagte sie.

Er schob die Unterlippe vor. »Das tat gerade richtig weh.«

Warum konnte sie ihm nicht böse sein. Von ihm ging eine Anziehung aus, der Nina nicht widerstehen konnte. In Gedanken versunken sah sie zu ihm.

»Okay Friedensangebot, darfst mich abholen, aber wehe du kommst zu spät.«

Seine Miene hellte sich deutlich auf.

Robert trat durch die Bäume. Lange hatte er diesen Ort gemieden. Zu schlimm waren die Erinnerungen. Seine Schuldgefühle unermesslich.

Seine ganze Kindheit und Jugend über, hatte er sich hier nicht wohlgefühlt. Eine gewisse Düsternis lag, seit er denken konnte, über diesem Ort. In den Wäldern hatte er sich nicht gern aufgehalten. Im Gegensatz zu seinem Bruder. Er hatte hier ganze Tage verbracht. Ihre Mutter hatte ihn gerne Robin Hood genannt. Seine Mutter hatte keine Ahnung, welch ein Mensch er in Wirklichkeit war.

Er war weit entfernt davon, ein Robin Hood, Retter der Armen, zu sein. Andreas war seit seinen Kindertagen nur auf seinen eigenen Vorteil bedacht.

In Gedanken versunken, sah er sich dem Haus gegenüber. Sein Herz wurde schwer. Er wollte gerade gehen, als seine Aufmerksamkeit auf eine Tatsache gelenkt wurde.

Das Mädchen sollte nicht hier sein. Das war kein Ort für sie. Im nächsten Moment hatte sie ihn entdeckt.

Er wollte gerade umdrehen, als sie sich Auge in Auge gegenüber standen. Bevor er reagieren konnte, kam sie durch die Tür.

»Hallo«, sagte sie. Sie zog ihre Weste fester um sich.

Er lächelte ihr zu.

»Ich wollt gerade Kaffee machen, es wär toll, wenn ich ihn nicht allein trinken müsst«, sagte sie.

Robert seufzte leise, als er zustimmte. Mit gemischten Gefühlen betrat er sein altes Zuhause. Zu seinem Leidwesen hatte sich nicht viel verändert.

»Alles beim Alten.« Er sah sich weiter um.

Nina schenkte zwei Tassen voll, und setzte sich zu ihm an den

Tisch.

»Es ist alt, aber mir gefällts hier«, sagte sie.

»Willst hier einziehen?«, fragte er.

Unschlüssig zuckte sie mit den Achseln.

»Hier ist es einsam. Nichts für eine junge Frau«, sagte er.

»Mag sein ... Kannst mir etwas über Martina erzählen?«, fragte sie.

»Woher weißt von ihr?«, fragte Robert.

»Ich hab Bilder von ihr gfunden und Nick hat mir erzählt, wer sie war.«

Er nickte. »Sie war wunderbar. Wir standen uns sehr nahe.«

Wie es ihm auch heute noch schmerzte, wenn er über sie redete. Nach all den Jahren.

»Ich habe mich gfragt, was aus ihr gworden ist?«, fragte sie.

Er hatte diese Frage gefürchtet. Nicht gerne redete er über das. Das Versprechen würde er ebenso brechen. Wie hatte er sich darauf einlassen können?

Früher oder später würde sie es erfahren. Ruckartig stand er auf.

»Es ist scho spät.« Er wandte sich zur Tür. »Vielleicht ein anders mal.«

Die Enttäuschung stand in ihren Augen. Er hatte seinen Entschluss gefasst. Er war es nicht, der ihr das antun würde.

»Machs gut«, sagte er, lächelte, beugte sich nach vorne und küsste sie auf die Wange. Er trat durch die Tür und verschwand zwischen den Bäumen.

Fünftes Kapitel

Nick kam pünktlich, sogar etwas zu früh. Nina stieg in seinen Audi ein.
»Siehst schön aus.« Er betrachtete sie.
»Bin ich sonst hässlich?«, fragte sie.
Er verdrehte theatralisch die Augen.
»Du weißt, wie ich das gmeint habe«, sagte er.
»Ich weiß, ich mag es, wennst die Augen verdrehst«, sagte sie.
Er hob die Augenbrauen, und war sichtlich überrascht.
»Jetzt bild dir nichts darauf ein«, sagte sie.
»Oh Liebling, du hast ja keine Ahnung.« Er fuhr auf die Straße.
Die Party konnte starten. Der Raum füllte sich unaufhörlich und Nina lernte Nick und Ben´s Freunde kennen.

Nina war guter Stimmung. Zumindest bis Lisa Sturm mit erhobenen Kopf herein stolzierte. Lisa war eine schöne Frau, mit schulterlangen, blonden Haaren und blauen Augen.
Mit einer Spur zu viel Arroganz.

Die Musik schallte durch den Raum, und bewog die Leute zum Mitsingen und Tanzen. Nina hatte sich gleich, als sie eingetroffen waren, von Nick entfernt. Sie saß neben Katja, die genügend Alkohol unter die Leute brachte.

Sie war deprimiert, dass Nick so weit weg saß.
Das hämische Grinsen von Lisa, war der Tropfen auf dem heißen Stein. Der Grund war der gleiche. Nick.

Auf dem Weg zur Toilette traf sie auf ihn. Sie hatte keine Ahnung, ob er auf sie gewartet hatte, und es war ihr egal.
Nina sah ihn eine Sekunde an, eilte auf ihn zu, rammte ihn gegen die Wand, und küsste ihn.
Nick schien sich nicht zu wehren, im Gegenteil, er zog sie näher zu sich. Gefühlte Stunden später, lösten sie sich. Er betrachtete sie eingehend.
»Bist betrunken?«, fragte er.
»Nein. Ja. Aber das ändert nichts«, sagte Nina.
»Was meinst?«, fragte er.
»Was passiert hier?«
»Sag du es mir.« Er zog sie in seine Arme.
»Willst nach Hause?«, fragte er.
Sie schüttelte den Kopf, und zog den seinen zu sich hinunter.
Nick würde auf sie aufpassen. Dieses Gefühl hatte er ihr von ihrer ersten Begegnung an vermittelt. Bei ihm fühlte sie sich geborgen und wie in einem sicheren Hafen. Sie lehnte sich an ihn und er umschloss sie mit seinen Armen.

Nina sah sie. Lisa Sturm stand an der Tür, und starrte sie an.
Es lag keine Überraschung in ihrem Blick, sondern sie schien sich zu amüsieren. Sie schien Nina mit ihrem Blick herauszufordern. Nina verunsicherte, dass sich Lisa in keiner Weise bedroht fühlte. War sie so überheblich anzunehmen, dass Nick sie nie verlassen würde? Kurz überlegte sie, sich von Nick zu lösen und ihn somit auf sie aufmerksam zu machen.
Stattdessen hob sie den Kopf, zog sein Gesicht nach unten, und

sie küsste ihn erneut.

Nick löste sich, und sah Lisa. Er sah Nina überrascht an. Einen Moment standen sie schweigend dort.

Lisa schenkte ihnen ihr schönstes Lächeln, und ging aus der Haustür. Nina konnte sich keinen Reim darauf machen. Nick schien darüber besorgt zu sein. Er zog Nina zurück in seine Arme, und küsste sie.

Als Nina am nächsten Morgen die Augen öffnete, hatte sie furchtbare Kopfschmerzen.

Sie spürte Arme um sich. Als sie sich endlich überwand, die Augen länger als ein paar Sekunden zu öffnen, sah sie Nick vor sich. Er hatte die Arme um sie geschlungen und die Augen geschlossen. Als sie den Kopf hob, merkte sie, dass sie im Wohnzimmer lagen. Auf dem großen Sofa in Katjas und Bens Haus. Nina sah an sich hinunter und stellte fest, dass sie komplett angezogen war. Sie war erleichtert, sie konnte sich nicht erinnern, wie sie hierhergekommen war.

Schemenhaft konnte sie sich an den Kuss erinnern, anschließend verschwand alles in einem Nebel voller Schatten und

Lichtgestalten. Wo war seine Frau?

»Bist wieder nüchtern?«, fragte er. Er öffnete die Augen und sah sie an.

»Weißt du, was dei Problem ist? Du machst dir immer zu viele Gedanken«, sagte Nick.

Sie betrachtete seine Augen, ihr war nie aufgefallen, wie sehr die Farbe den Ozeanen glich.

»Haben wir?«, fragte sie.

»Für wenn zum Teufel hältst mich.« Er schien regelrecht empört.

»Du erinnerst dich an gar nichts?«, fragte er.

»An einiges.«

Er lächelte, und sie verzog das Gesicht. Sanft küsste er sie auf die Stirn und den Mund.

Hinter ihnen wurde eine Flasche umgestoßen. Seine warmen, sanften Lippen, verschwanden von den ihren. Einen Moment waren sie irritiert, dann erst entdeckten sie Ben und Katja auf dem flauschigen Teppich.

Ben starrte kurz zu ihnen hinauf, und schloss die Augen. Die beiden hatten es wohl nicht mehr ins Bett geschafft.

»Wie viel Uhr ist es?«, rief Katja.

»Frag doch die Beiden!«, rief Ben.

»Nina? Erinnerst dich an die Party bei Simon?«

»Ja«, sagte Nina.

»Genau so fühl ich mich«, sagte Katja.

»Ich mich auch«, gab Nina zu.

»Wer ist Simon?«, fragten Ben und Nick gleichzeitig.

»Ein scharfer Junge, aus der 9. Klasse«, sagte Nina, und Katja stimmte zu.

»Na dann«, sagte Ben.

Nick sah sie grimmig an.

»Nicht so scharf wie du«, sagte Nina und küsste ihn.

Ben stöhnte auf.

»Ich bin eindeutig zu alt für die Scheiße«, gab er zu und Katja lachte.

»Bist eben nicht mehr der Jüngste«, sagte Katja grinsend.

»Stell dich nicht so an«, sagte Nick.

Nick ließ sie nicht aus den Augen.

»Ich steh nie wieder auf«, rief Katja.

»Wir müssen Emma abholen«, erinnerte sie Ben.

Ein Seufzen, das eindeutig von Katja zu kommen schien, wurde von seinen Worten begleitet.

Nina schloss die Augen, weil ihr Kopf schmerzhaft pochte. Nie wieder würde sie einen Schluck Alkohol anrühren.

Sie spürte Nicks Hand, die unter ihr Shirt wanderte. Spürte seine Berührungen, seine Finger, die sanft über ihren Bauch strichen.

Nina blieb ruhig liegen, als seine Hand über ihren Busen wanderte. Er sollte nie wieder aufhören, sie so zu berühren.

Langsam beschleunigte sich ihr Atem.

Sie wagte sich nicht, zu bewegen.

Der melodische Klingelton schallte durch das Haus.

»Das darf nicht wahr sein!«, rief Ben und stolperte aus dem Zimmer.

»Wer zum Teufel ist das!«, rief Katja.

Nachdem sie sich aufgerappelt hatte, folgte sie ihrem Mann hinaus.

Nick beugte sich nach vorne, und küsste ihre Lippen. Sie stöhnte an seinen Mund, als seine Finger zwischen ihre Beine

glitten. Nick hielt sie fest umklammert, und spürte, wie sie erbebte, betrachtete jeden Zug in ihrem Gesicht.
Irgendwann öffnete sie die Augen, und sah zu Nick.
Oh, wie sie ihn wollte.
Ihre Lippen trafen sich erneut, als sich Nina zu ihm beugte.
»Guten Morgen, Dominik«, sagte eine Stimme.
Nick schnaubte inmitten des Kusses auf. Die Stimme war Nina unbekannt. Nina löste sich und sah zur Tür. Ihr kam der Mann bekannt vor. Irgendwo hatte sie ihn schon einmal gesehen. Bei Andreas Beerdigung? Sie fragte sich, wer er war.
Ihr Blick fiel schlussendlich zu Nick und sie wartete geduldig auf seine Erklärung.
»Mein Vater«, sagte er mit verzerrten Gesicht.
Nina zog sich vor ihm zurück, schob ihn davon und setzte sich auf.
»Was willst hier?«, fragte Nick erbost.
»Willst du mir diese nette Dame nicht vorstellen?«, fragte Viktor.
»Nina Steinberg, mei Vater Viktor Sturm«, sagte Nick.
Nina stand auf, und gab seinem Vater die Hand, lächelte ihm verlegen zu.
Nick schien wenig verlegen. Er war eher verärgert, dass sie von ihm unterbrochen worden waren.
»Kann ich dich kurz unter vier Augen sprechen?«, fragte Viktor, seinen Sohn.
Nina hob ihre Schuhe vom Boden auf, und ging zur Tür. Ein wenig überrascht stellte sie fest, dass Ben und Katja ihr nicht folgen würden.
Ohne ein weiteres Wort ging sie hinaus.
Sie ging nach oben, holte ihre Tasche aus dem Gästezimmer

und betrat das Badezimmer, am Ende des Flurs. Das warme Wasser, das über ihren Körper rann, war wie ein Aufputschmittel. Nach der Dusche war ihr Kater weitestgehend verschwunden, und sie fühlte sich wie neugeboren.

In ein Handtuch gewickelt, ging sie hinüber ins Gästezimmer, und zog sich frische Unterwäsche an.

Sie wühlte gerade in ihrer Tasche, als jemand an die Tür klopfte. Sie bat Nick herein. Nina sah seine Augen, die über ihren Körper wanderten. Schließlich wandte er sie nach oben zu ihrem Gesicht.

»Ich muss weg, mei Vater braucht Hilfe, es dauert net lange«, sagte Nick.

Nina spürte seine Hände, die über ihre schwarze Unterwäsche strichen. Er presste sie an sich.

»Dann solltest gehen«, sagte sie.

Immer noch spürte sie seine Hände, die ihren Körper erkundeten. Diese Sache, die es zu erledigen gab, musste verdammt wichtig sein. Sie machte es ihm leichter, trat von ihm zurück, und zog sich an.

Nick sah sie bedauernd an und sie küsste ihn. Viktor schien nett zu sein, er strahlte auch eine Dominanz aus, die Nina nicht ganz durchschaut hatte. Nick hatte vorher nie über seinen Vater geredet.

»Ich beeil mich!«, sagte er. Im nächsten Moment war er durch die Tür verschwunden.

Nick saß neben seinem Vater auf dem Sofa, in Roberts Wohnzimmer.

»Ich will sie nur kennenlernen«, sagte Robert.

»In Ninas Willen lass sie in Ruhe«, sagte Viktor.

Robert durchfuhr ein Schluchzen.

»Sie ist doch gesund?«, fragte Robert.

Nick sah zu seinem Vater. Viktor nickte knapp.

Roberts Besuch bei Nina, war nicht unbemerkt geblieben. Zufällig hatte ihn Nick gesehen. Damit hatte Robert sein Versprechen gebrochen. Viktor hatte sich entschlossen sofort zu handeln.

»Denkst du, die Wahrheit wird ihr guttun?«, fragte Viktor.

Robert rang mit sich.

»Wir haben so vieles gemacht, um sie davor zu beschützen, das soll nicht umsonst gewesen sein«, sagte Viktor.

Robert brach in Tränen aus.

»Ihr habt nichts gmacht, als sie von Anfang an zu belügen«, sagte Robert.

Robert war ein gebrochener Mann. Nick fand ihn bemitleidenswert. Nick musste zugeben, dass er damit recht hatte.

»Aus gutem Grund«, sagte Nick.

»Versprich mir, dass du sie in Ruhe lässt«, sagte Viktor.

Robert entfuhr ein Wimmern. Nick und sein Vater sahen sich an, dann streckte Robert die Hand aus.

»Nur für Nina«, sagte Robert.

Die beiden Männer besiegelten das Versprechen mit einem Händedruck. Robert hatte immer unter seinem großen Bruder gelitten, als Kind ebenso, wie als Erwachsener.

Nach allem was passiert war, hatte er mit seinem Bruder kein Wort mehr gewechselt. Er konnte es verstehen. Seinen Bruder, und seine Schwester hatte er zur Genüge verurteilt, weil sie ihn, wo es ging, verteidigten.

Die beiden verließen das Haus und Nick sah auf die Uhr. Er wollte bald wieder zu Nina.

»Verlässt du das Blondchen?«, fragte Viktor.

»Habe ich vor.«

»Sie war nie gut für dich«, sagte Viktor.

»Ich weiß.«

»Bring sie doch zum nächsten Essen mit.« Viktor ging zu seinem grauen BMW.

»Wen?... Lisa?«, fragte Nick.

»Nina, meine ich. Mein Sohn! Ich frage mich echt, wie du das Studium geschafft hast.«

»Hab dich lieb«, sagte Nick grinsend und ging zu seinem Wagen.

»Wie hast du Ben eigentlich kennengelernt?«, fragte Nina, stach in ein Salatblatt und sah zu ihrer alten Freundin.

Katja bekam sofort einen schwärmenden Blick.

»Über das Internet, ich habe sein Bild gsehen, und habe ihn von Anfang an toll gefunden.«

»Die Welt ist eben klein«, sagte Nina.

»Das ist wahr.«

»Nina? Bist du immer noch … Ich meine findest du Frauen immer noch anziehend?«, fragte Katja.

Nina lächelte. »Das hat sich nicht geändert.«

»Weiß Nick das?«, fragte Katja.

»Ich sehe im Moment keinen Grund, ihm das mitzuteilen.«

»Du stehst auf ihn?«, fragte Katja.

»Ich bin bisexuell.«

»Oh. Das erklärt einiges«, sagte Katja.

»Was hast du gedacht? Dass ich mit ihm spiele?«, fragte Nina.

»Tut mir leid.« Katja verzog entschuldigend das Gesicht.

»Du sagst es doch keinem?«, fragte Nina.

»Nein, natürlich nicht, wenn du nicht willst.«

Beide saßen in einem Restaurant am Marktplatz, das sich nach und nach mit mehr Menschen füllte.

»Ben und Nick kennen sich wohl scho lange?«, fragte Nina.

»Sie sind wie Brüder. Seit ihr jetzt eigentlich zusammen?«, fragte Katja.

»Wir haben Spaß.«

»Denkst du, dass da nicht mehr ist?«, fragte Katja.

»Vielleicht, solange er noch den Ehemann spielt, werde ich mich nicht auf mehr einlassen.«

Katja betrachtete Nina.

»Zweifelst daran, dass er sie verlässt?«, fragte Katja.

»Ein wenig. Mal ehrlich, ich bin doch nicht die Erste.«

»Nein. Das bist nicht«, sagte Katja, legte ihr Besteck beiseite und sah Nina eingehend an. »Ich kenne ihn, wenn ich auch nicht sagen würde, dass ich seine Entscheidungen gutheiß. Er ist der ehrlichste Mensch, den ich kenn, er hat immer mit offenen Karten gespielt.«

»Willst mir sagen, Lisa weiß davon?«, fragte Nina.

»Natürlich weiß sie es. Ehrlich gesagt, sie hat damit angefangen. Er war sehr deprimiert, als er davon erfuhr. Womit ich nicht sagen will, dass es damit gerechtfertigt ist«, sagte Katja.

»Unter einer Ehe verstehe ich was anderes.«

»Diese Ehe war schon von Anfang an, zum scheitern verurteilt«, sagte Katja.

Nina schüttelte den Kopf.

»Eigentlich sollte ich es keinem sagen, aber er hat es vor.«

»Ich bin gespannt«, sagte Nina.

Katja seufzte. Nina sah einfach nicht, wie gut sie zusammenpassten. Katja war der Überzeugung, die beiden waren von Anfang an füreinandergemacht.

Das war kein Zufall. Ihre erste Begegnung, wo Nina ein paar Tage alt war. Davon wusste Nina nichts, wenn sie es erfahren sollte, würde sie es auch so sehen. Da war sich Katja sicher.

In weiter Ferne war ein flackerndes Licht zu sehen. Es war kalt. Tau lag auf dem Waldboden, um sie herum. Sie sah auf ihre Füße und war verwirrt. Warum trug sie keine Schuhe? Wie war sie hierher gekommen? Sie hob den Kopf und sah sich um. Nichts

ungewöhnliches. Ein dunkler Wald und sie.
Barfuß ging sie weiter durch den Wald. Aus den Augenwinkeln nahm sie, eine Bewegung war.
Kinderlachen ertönte von Nahem. Ein Rascheln bewegte sich durch die Bäume.
Als sie stehen blieb und sich umdrehte, sah sie ein Reh mit erhobenen Haupt durch die Bäume treten. Fasziniert musterte Nina das Tier, wie man sie nicht oft zu Gesicht bekam.
Das Reh musterte sie skeptisch.
Nina streckte die flache Hand aus, um zu zeigen, dass sie ihm nichts tun wollte.
Das Reh drehte sich schlagartig um, und verschwand zwischen den Bäumen.
»Nina.« Jemand rief sie. Sie löste sich von der Stelle, ging erneut auf das Licht zu. Jemand wollte, dass sie dorthin ging. Es war nichts Wichtiger im Moment, als dorthin zu gelangen.
»Nina.« Die Stimme klang näher.
Ein paar Schritte weiter durch die Bäume.
»Nina, wir haben auf dich gewartet.« Der kleine Junge stand dort, und sah sie lächelnd an. Er nahm ihre Hand und führte sie weiter.
»Wer bist du?«, fragte sie. Er wandte sich um, während sie weitergingen.
»Samuel«, sagte er. Sein sandfarbenes Haar, erinnerte sie an das von Nick. Die gleichen Locken.
»Wo gehen wir hin?«, fragte Nina.
Nina spürte augenblicklich, wie sich etwas veränderte. Zwischen den Bäumen wurde es dunkler. Und Kälter. So viel Kälter. Sie drang in jede Pore ihres Körpers. Ihr Atem hinterließ

weißen Rauch in der Luft, und sie spürte die plötzliche Bedrohung.

Samuels Gesicht veränderte sich. Eine löffel-große Wunde bildete sich, wie aus dem Nichts, auf seiner Stirn. Das Blut kam daraus hervorgequollen und lief stetig fließend sein Gesicht hinab. An den Würgemalen auf seinem Hals vorbei, bis zu seinem blauen Sweatshirt, das vor Blut triefte.

Ein spitzer Schrei, kam aus Ninas Kehle. Während er bleicher und bleicher wurde, taumelte sie zurück.

»Sei still ... Er ist hier.«, sagte er. Er legte seinen bluttriefenden Finger auf den Mund.

»Lauf Nina, er darf dich nicht kriegen.«

»Wer?«, rief sie, aber sie spürte den Schatten, der durch die Bäume auf sie zukam.

»Lauf!«, schrie der Junge.

Nina lief los, den Weg zurück, den sie gekommen war. Spürte eine Macht, die ihr im Nacken saß. Panik stieg in ihr hoch. Was hatte Samuel so verängstigt?

Blindlings spurtete sie durch die Bäume. Sie hoffte nur, die richtige Richtung zu nehmen. Das reine Böse, war hinter ihr her. Was sonst, konnte ihm solch eine Angst einjagen.

Im nächsten Augenblick spürte sie eine Hand, die sich um ihre Haare legte. Unerbittlich zog er sie zurück und sie spürte, wie die Haarwurzeln aus ihrer Kopfhaut rissen. Panisch kämpfte sie gegen den Schmerz an, während sie sich gegen ihn stemmte. Sie hatte keinerlei Chance. Er zog sie immer näher zu sich. Ein Gesicht kam auf sie zu. Sie spürte seinen verfaulten Atem und tiefste Verzweiflung. Hoffnungslos wollte sie um Hilfe schreien, aber nichts kam aus ihrer Kehle, außer ein leises Krächzen.

Er stank abscheulich. Sie schloss die Augen, um seinem Anblick zu entgehen.

»Sieh mich an«, forderte er. Seine Stimme alleine war entsetzlich grausam. Im nächsten Moment spürte sie seine kalten, fürchterlichen Lippen auf den ihren. Ihr wurde schwindelig und erbärmlich übel.

Sie trieb davon in eine Dunkelheit, die sie nie zuvor gekannt hatte.

Sechstes Kapitel

Schreiend fuhr Nina vom Bett hoch. Nick saß darauf und fuhr erschrocken herum. Er sah einen gehetzten Blick in ihren Augen. Was hatte sie geträumt? Entgeistert starrte ihn an.
»Keine Angst, es war nur ein Traum.«
Beruhigend strich er über ihren Rücken.
»Was ist los?«, fragte er.
»Nichts.«
»Was hast du geträumt?«, fragte Nick.
»Ich kann mich schon gar nicht mehr erinnern.«
Die Lüge stand ihr ins Gesicht geschrieben.
»Wie lange bist schon da?«, fragte Nina.
»Erst ein paar Minuten, wir waren verabredet.«
»Ja, ich weiß, ich muss wohl eingeschlafen sein«, sagte sie.
»Nicht so wild, wenn du willst, können wir auch wann anders ins Kino gehen.«
Sie nickte geistesabwesend.
»Ist alles in Ordnung?«, fragte Nick.
»Ja.« Sie befreite sich von der Wolldecke.
»Du solltest gehen«, sagte sie.
    Sie ging ins Badezimmer. Eine Minute später, hörte er die

Dusche rauschen.

Es wurde Zeit, klare Verhältnisse zu schaffen. Ansonsten riskierte er, Nina zu verjagen. Immer noch war er erstaunt, warum sie noch hier war. Vor gut einer Woche, war sie nach Mierlbach gekommen, wollte ein paar Tage bleiben.
Doch war sie immer noch hier. Es wäre ein wenig überheblich von ihm anzunehmen, es läge an ihm, wenn er es sich auch wünschen würde. Etwas anderes hielt sie hier. Irgendetwas das ihr Albträume bescherte.

Sie wirkte nicht überrascht, ihn noch auf dem Sofa sitzen zu sehen. Er klopfte auf den Platz neben sich.
»Ich denke, wir sollten reden«, sagte er.
Ihr verdutztes Gesicht, zeigte ihm ihr Erstaunen.
»Solange du deinen Ehering noch trägst, haben wir gar nichts zu bereden«, sagte Nina.
Grüblerisch sah er auf seinen goldenen Ring, an seiner rechten Hand. Jahre war er schon an seinem Finger, hatte ihn kaum mehr wahrgenommen.
»Der bedeutet nichts«, sagte er und zog daran.
Wütend darüber, dass er sich nicht lösen wollte, fluchte er vor sich hin.
»Warum trägst ihn noch, wenn er nichts mehr bedeutet?«, fragte sie.

Sie löste ihr Handtuch, das lose um sie gewickelt war. Kein guter Zeitpunkt.
Seinen Blick richtete er mit großer Mühe an die weiße Wand.
Während er weiter mit seinem Ring kämpfte. Mit einem gehörigen Ruck, gab er nach und lag in seiner Hand.
»Wenn du es wissen willst, Lisa zieht morgen aus«, sagte Nick.

Ein zweifelnder Blick von ihr. Sie glaubte ihm nicht. Allen Grund hatte sie dazu. Es war eine glatte Lüge. Eine Notlüge.

Das hieß, er musste morgen mit Lisa reden. Lisa würde nicht so klein beigeben. Fraglich, ob sie morgen auszog. Das würde Nina wieder an ihm zweifeln lassen.

Sie betrat die Treppe, er ging ihr hinterher. Wie konnte er ihr begreiflich machen, wie sehr er in sie verliebt war. Ohne das sie von ihm davonlief. Nie hatte er eine Frau getroffen, die so verdammt kompliziert war. Vermutlich war genau das, was ihm so verdammt gut an ihr gefiel. Flirtete mit ihm, eine Sekunde später, schickte sie ihm zum Teufel. Wenn er ihr jetzt seine Gefühle gestand, richtete er mehr Schaden an, als gut für ihn war. Eines war sie nicht, und zwar geschmeichelt und verlegen, wenn er es tun würde. Auf Romantik stand sie nicht.

»Das sind doch nur Ausreden«, warf er ihr vor. »Wenn es nicht der Ring wäre, wär es etwas anderes. Nicht wahr?«

»Wenn du denkst, ich werde deine Schlampe, hast dich getäuscht«, sagte sie.

»Das will ich doch gar nicht«, sagte er. »Ich will mehr, und du willst es auch.«

»Du hast gar keine Ahnung, was ich will. Du kennst mich kein bisschen.«

»Ich weiß, wenn eine Frau auf mich steht, also hör mit dem Blödsinn auf«, sagte er.

»Ja, damit hast ja einige Erfahrung, nicht wahr.«

»Das ist unfair«, sagte Nick.

»Nein, es ist die Wahrheit, tu nicht so, als würde ich nicht merken, wie geübt du in der Sache bist«, sagte sie.

»Genauso geübt wie du, wenn es darum geht, dir Menschen vom

Leib zu halten.«

Ihre wütenden, funkelnden Augen, blitzten ihn an. Genau das war es, was ihn so dermaßen anmachte, somit er nicht mehr viel darüber nachdachte. Er packte sie am Arm, zog sie zu sich, und verschloss ihren Mund mit dem seinen. Er drückte sie sanft gegen die Wand. Zog sie zum Bett. Drückte sie darin nieder.

Spürte nur noch ihre Hände, die sich ihren Weg an seine Haut bannten, und vergaß sich in ihr.

Nina hielt am Straßenrand, und betrachtete Nicks Haus, an dem sie schon mehrere male vorbei gefahren war. Lisas weißes Cabrio stand in der Einfahrt. Es sah nicht so aus, als würde sie gerade umziehen.

Sie stieg aus, und sah in die Richtung, wo Nicks Firma lag.
Eine große Halle, und einem Büro über der Treppe, indem sie Nick vermutete. Sie glättete ihren Mantel, sah sich im Fenster an, und streifte durch ihre Haare. Mit erhobenen Kopf lief sie über die Straße. Zielstrebig ging sie auf die Treppe zu, als sie sie betrat, kam ihr jemand entgegen.

»Hallo, kann ich helfen?« Ein junger Mann, kam auf sie zu.
»Hi, ich bin Nina«, sagte sie und gab ihm die Hand.

»Tobias Maier«, stellte er sich vor.
»Ich suche Nick, ist er da?«, fragte sie.
Er deutete nach oben.
»Einfach links hinein«, sagte er, und warf ihr noch einen Blick hinterher, als sie hinaufging.

Vorsichtig streckte sie ihren Kopf durch die Tür. Nicks Kopf war tief über Papiere, auf seinem Schreibtisch gebeugt.
Sie ging hinein, als die Tür zufiel, sah er auf. Seine Miene hellte sich deutlich auf.
»Hi«, sagte er, und kam auf sie zu.

Er war sichtlich von den Socken, dass sie gekommen war. Heute Morgen, war eher ein Zeugnis des Schweigens, zwischen ihnen gewesen. Sie hatte gestern jegliche Kontrolle über sich verloren, und konnte sich keinen Reim darauf machen, wie es hatte passieren können. Wie er den Streit beendet hatte, war unverschämt von ihm gewesen.

Ihr Blick fiel an die gelb gestrichene Wand, auf seine Diplome. Eine Weile studierte sie sie, und ließ ihn absichtlich warten.

Als sie zu ihm sah, wusste sie nicht mehr, was sie bei ihm gewollt hatte. Ach ja, die Düsternis, die um das Haus herrschte. Schatten zogen um das Haus. Sie konnte es sich nicht erklären, den ganzen Morgen über hatte sie das Gefühl, jemand schlich ums Haus. Eine Bedrohung war in der Luft. Sie war mit dem Entschluss zu Nick gefahren, ihm davon zu erzählen. Aus dem Grund, dass er ihr sagte, sie sei nicht verrückt. Dieser Mut hatte sie verlassen.

»Na komm«, sagte er.

Er führte sie zu einer kleinen Sitzecke, mit einem runden Glastisch, und sie setzten sich.

Sie seufzte und er griff nach ihrer Hand.

»Ich habe mich gefragt«, sagte sie überlegend und brach ab.

Verlor sie den Verstand? Hatte sie solche Paranoia entwickelt, sodass sie unter alldem eine Bedrohung sah?

»Ja?«, fragte Nick.

»Ach nichts. Ich wollte nur fragen, ob du heute vorbeikommst.«

»Eigentlich wollte ich mit Lisa reden und ein paar Sachen klären«, sagte Nick.

»Ja, natürlich.«

Den ganzen Nachmittag über, hatte sie daran gedacht nach Hause zu fahren. Der letzte Anstoß fehlte. Sie wusste nicht, an was es lag. Etwas band sie hier.

»Ich kann danach gerne vorbeikommen«, sagte er.

Sie nickte. Fühlte die Sicherheit, die sich über sie legte, wenn sie diese Nacht nicht alleine überstehen musste.

Seit Nächten quälten sie Albträume, immer die gleichen. Danach war sie hellwach, konnte nicht mehr einschlafen. Erschöpfung machte sich bei ihr breit. Sie fragte sich, wann man es ihr ansah.

»Meine Ehe ist schon seit Jahren tot. Lisa hatte nie ein Interesse daran etwas zu ändern und dann ...« Er brach ab.

»Dann?«, fragte sie.

»Kamst du!«

Ihre Hand fuhr durch sein Haar. Dieses Haar. Der Junge in ihren Träumen.

Immer schon, erinnerte er sie an Nick.

Er wollte ihr irgendetwas sagen, aber sie wusste nicht was.

Als sie zur Tür ging, drehte sie sich um. Nick ging zu seinem Schreibtisch. Einen Moment war sie versucht ihn danach, zu fragen, ließ es dann doch bleiben.

Lisas erste Reaktion, schien Ungläubigkeit zu sein. Ein Flehen, das folgte. Bitten um eine Chance für ihre Ehe.
Abschließend unbändige Wut. Am Ende ihres Anfalls lag zerdeppertes Porzellan, zwischen ihnen.
Er musste fast Lachen, weil er die Ironie darin Erkannte. Er blieb standhaft, egal was ihr zum Opfer fiel.
Damit hatte Nick gerechnet. »Ich will, dass du gehst«, sagte Nick.
»Aber wo soll ich denn hin.«
»Ich glaube, du findest scho eine Möglichkeit«, sagte Nick.
Er ging konsequent nach oben, sie folgte ihm auf dem Fuße. Öffnete ihren Kleiderschrank, warf ihre unzähligen Kleider und Röcke auf das Bett.
»Sofort Lisa.« Er zerrte einen der Koffer, von ihrem Schrank hinunter.
»Ich fahre jetzt weg, wenn ich wieder komm, bist du verschwunden«, sagte er.
»Willst du es dir nicht noch mal überlegen? Oder denkst du, sie wird es gut aufnehmen, wenn sie erfährt, wer genau ihr Vater

wirklich war«, fragte sie.

Nick hatte mit dem Schlimmsten gerechnet, auch mit dem. Unruhe befiel ihn. Nervös starrte er in ihr Gesicht. Ein spöttisches Grinsen lag auf ihren Lippen. Die gleichen Lippen, die ihn einmal geküsst hatten. Die sagten, wie sehr sie ihn liebten. Das war alles für immer fort. Er empfand nur noch Wut.

»Damit kannst du mich nicht mehr erpressen. Wenn du meinst es tun, zu müssen, tu es. Deswegen bist du auch verschwunden, wenn ich wiederkomm«, sagte er.

Er ging aus dem Haus. War nervöser, als er wirkte. Nick hoffte, dass Lisa nicht so tief sank, um es zu tun.

Als er bei Nina eintraf, war es seit Stunden dunkel. Die Tage wurden allmählich kürzer. Dicker Nebel lag um ihn herum. Er kämpfte sich hindurch. Zu sehr in Gedanken vertieft nahm er die Umgebung kaum wahr, als er durch den Wald ging. Er fand ein hell erleuchtetes Haus vor. Um Nina nicht zu erschrecken, klopfte er an die Tür und rief nach ihr. Keine Reaktion. Er trat von der Tür weg, und sah in das Küchenfenster. Er konnte nichts Ungewöhnliches entdecken.

Die Tür war unverschlossen. Wie leichtsinnig sie war.

Er ging hinein, und sah sich um, weder im Erdgeschoss, noch

oben fand er Nina vor. Das konnte nicht sein. Er hatte neben ihrem Wagen geparkt, also musste sie hier sein.
Es sei denn, sie war in den Wald gegangen, aber was sollte sie da in der Finsternis wollen. Es herrschte tiefste Dunkelheit.
Nervös trat er aus der Haustür, und sah sich draußen um.
»Nina!«, schrie er, und horchte in die Finsternis. Außer dem Hall seiner Stimme war nichts zu hören.
»Wo steckst du?« Er ging die Treppe hinunter, und drehte sich in jede Richtung. Hatte sich dort nicht etwas bewegt?
Er lief darauf zu und blieb stehen, als er einen Rücken vor sich auftauchen sah. Es war Nina, kein Zweifel.
Er fragte sich, warum sie bei diesen Minusgraden, im Nachthemd und ohne Schuhe, hier draußen herumlief.
Entschlossen trat er an sie heran, nahm ihre Schultern in seine Hände. »Nina?«, fragte er und starrte in ihr Gesicht.
 Völlig abwesend, sah sie an seinem Gesicht vorbei.
Schlafwandelte sie?
»Großer Gott, du erfrierst noch hier auf der Stelle«, sagte er, zog seine Jacke aus und wickelte sie darin ein.
»Nina. Was ist denn los?«, fragte er, sie reagierte nicht, ihr Blick starr auf einen Punkt gerichtet. Er packte sie auf seine Arme, und trug sie zum Haus zurück. Keine Reaktion von ihr. Nicht mal, als er sie ins warme Bett packte.
 Starrend sah sie an die Decke. »Er darf mich nicht kriegen.«
Es war nicht mehr als ein Flüstern, aber er hatte jedes Wort verstanden. Zeitgleich schloss sie die Augen und schlief ein.
Was ging hier vor?

Nina schlug die Augen auf. Sie setzte sich auf, und sah sich um. Sie fühlte sich wie gerädert.

Wie war sie ins Bett gekommen? Erschöpft rieb sie ihre Augen. Es war schon hell, aber sie fühlte sich, als hätte sie keine Minute geschlafen. War Nick noch gekommen? Das Bett war leer.

Der Geruch, der von unten kam, zeugte davon, dass gerade jemand Eier briet. Eine verlockende Vorstellung. Sie zog eine Weste über und ging die Stufen hinab.

Tatsächlich stand Nick, in der in die Jahre gekommene Küche, und schwenkte die Pfanne.

»Guten Morgen«, sagte sie, und er sah auf.

Er kam auf sie zu, und gab ihr einen Kuss auf die Wange.

»Setz dich.« Nick zog ihr den Stuhl zurück, und sie nahm Platz.

»Tut mir leid, ich muss eingeschlafen sein.«

Er musterte sie eingehend. »Du erinnerst dich nicht?«, fragte er.

»An was?«

»Ich habe dich gestern im Wald gefunden, du hattest nur dein Nachthemd an.«

»Du veräppelst mich«, sagte sie.

»Glaub mir, bei so was würde ich keine Witze machen«, sagte er.

»Warum kann ich mich nicht daran erinnern?«, fragte sie.

»Ich denke, du hast geschlafen, du warst wie weggetreten.«

Nina hatte noch nie etwas Derartiges gemacht. Es jagte ihr Angst ein. Furchtbare Angst.

Als er sich umwandte, um die Eier auf Tellern zu verteilen, drehte sie sich weg, und sah auf den Flur. Sie konnte sich erinnern, wie sie aus der Küche gekommen war, um nach oben zu gehen. Danach verschwamm alles. Das Nächste an was sie sich erinnern konnte, war, wie sie am Morgen aufwachte. Sie wandte sich wieder Nick zu, der die Frühstücksvorbereitungen abgeschlossen hatte. Ihr war jeglicher Appetit vergangen. Was passierte mit ihr? Wie gerne, würde sie mit Nick darüber reden. Oder zumindest mit irgendjemanden. Zeitgleich hatte sie Angst, dass man ihr keinen Glauben schenkte. Sie schüttelte den Kopf, versuchte diese Gedanken, abzuschütteln, und widmete sich dem reichhaltigen Frühstück, das Nick gezaubert hatte.

Siebtes Kapitel

»Wir müssen nicht hineingehen«, sagte Nick, als sie vor Nicks Elternhaus zum stehen kamen. Nina hörte ihm nicht zu, sie sah fassungslos, auf das alte Gemäuer.
»Das muss doch ein Vermögen kosten, allein die Heizkosten.«
»Die meisten Zimmer sind nicht bewohnt«, sagte er.
»Und was man putzen muss.«
»Dafür gibt es genügend Putzfrauen«, sagte Nick.
»Du bist hier aufgwachsen?«, fragte sie, fassungslos, und er musste lachen.
»Ja. Ehrlich Nina ich kann sagen, du bist krank oder so.«
»Nein, is schon in Ordnung«, sagte sie und stieg aus.
Nick nahm ihre Hand, und sah zum Haus hinauf.
Nina war von dem Haus beeindruckt und betrachtete es ehrfürchtig. »Hat es dein Vater gekauft?«, fragte sie.
»Im Familienbesitz seit 1900«, sagte er, und sie gingen gemeinsam zur Tür.
»Einer meiner Vorfahren war Freiherr, zumindest so ähnlich, mich hat das nie interessiert.«
Eine ältere Dame, die Viktor den Haushalt führte, machte ihnen auf.

»Guten Tag, Ilse. Darf ich dir Nina Steinberg vorstellen, Nina, das ist Ilse.«
Nina gab ihr die Hand.
»Wie schön sie kennenzulernen«, sagte Ilse lächelnd, und führte sie hinein.
»Er ist scho bei Tisch«, sagte sie und ging zurück in die Küche.
 Viktor Sturm hatte sie ein einziges mal bisher gesehen, aber er wirkte heute warmherziger, als beim letzten Zusammentreffen. Sie setzte sich an den Tisch, und sah sich beeindruckt um.
»Mein Ururgroßvater hat es erbauen lassen«, sagte Viktor, als er Ninas staunenden Blick sah.
»Er war der Freiherr des Ortes.«
Nina lächelte. Ilse brachte die Suppe.
»Wieso zeigst du Nina nach dem Essen nicht das Haus?«, fragte Viktor.
»Das wäre schön«, sagte sie, und er nickte ihr zu.
 Sie wollte sein altes Zimmer sehen, dort wo er sein halbes Leben verbracht hatte. Der Weißwein schmeckte nach Beeren, leicht süßlich rann er ihre Kehle hinunter, und hinterließ ein leichtes Brennen in ihrer Speiseröhre.
»Dominik hat mir erzählt, dass sie wunderbar backen können.«
»Ich bin leider nicht mehr dazu kommen, sonst hätte ich noch einen Kuchen gmacht«, sagte Nina und sah tadelnd zu Nick.
Sie war dabei den Teig zu machen, als Nick sie davon abhielt.
Es endete, wie es enden musste, sie verbrachten die restliche Zeit, bevor sie fuhren, im Bett. Nick lächelte und schien sich zu erinnern. Sein Gesicht zeigte ihr, dass er nichts bereute.
»Aber sie können mich doch mal, zum Kaffee trinken besuchen«, schlug Nina vor. Nicks Lächeln erlosch. Sie musste sich das

Lachen verkneifen.

»Danke für die Einladung«, sagte Viktor. »Ich nehm dein Angebot irgendwann sicher an.«

Schließlich kamen sie zum Hauptgang.

»Deine Großeltern haben hier geheiratet, wusstest du das?«, fragte Viktor.

Nina schüttelte den Kopf.

»Ich war einer der Trauzeugen«, sagte Viktor.

Nina stellte sich vor hier, zu heiraten und eines wusste sie, es würde etwas hermachen.

»Wer will nicht in einem Schloss heiraten«, sagte sie.

Zum ersten mal seit sie am Tisch saßen, wich Nick ihrem Blick aus.

»Du darfst jederzeit in meinem Schloss heiraten, liebe Nina«, fügte Viktor hinzu.

Nina lächelte, und mied nun Nicks Blick. Sie war froh, dass Ilse gerade das Dessert servierte. Wenn Lisa auch ausgezogen war, bedeutete es lange nicht, dass sie zusammen waren.

»Mei Großvater und sie waren also gute Freunde?«, fragte sie.

»Die Besten«, sagte Viktor.

»Dann kannten sie auch Martina?«, fragte Nina, und sah, wie die beiden Männer aufhorchten.

Nina fand den Blick seltsam, den sie sich zuwarfen.

»Sicher«, sagte er, und lächelte.

»Sie ging fort?«, fragte sie.

Viktor nickte. »Woher weißt du das?«, fragte er.

»Nick hat mir von ihr erzählt.«

War es Überraschung, die sie in Viktors Gesicht las? Auf jeden Fall, warf er seinem Sohn einen kurzen Blick zu.

»Du siehst ihr sehr ähnlich«, sagte Viktor.
»Überhaupt hast du viel von der Familie deines Vaters.«

Nick stand auf, nahm Ninas Hand und verließ mit ihr das Zimmer. Zuerst zeigte er ihr die Küche, eines der vielen Badezimmer und das große Wohnzimmer, dann gingen sie die Treppe hoch. Nina konnte sich gar nicht sattsehen.
Ein großer Kronleuchter hing dort von der Decke, und viele Bilder von längst verstorbenen Verwandten, waren bis nach oben aufgereiht.
Im 1. Stock staunte sie über eine riesige Bibliothek, zwei weitere Badezimmer und eine Fernsicht von Viktors Räumen im hinteren Bereich. Schließlich gingen sie nach oben in den 2. Stock. Dort waren früher die Kinderzimmer.
Nicks Zimmer lag ganz rechts.
»Ich war Jahre nicht mehr hier oben«, sagte er und öffnete die Tür. Es unterschied sich nicht viel von den anderen Räumen, einige persönliche Sachen von Nick standen noch herum.
Alte Bücher von seinem Studium, ein alter Motorradhelm, und eine alte Taschenuhr. Nina strich darüber und nahm sie in die Hand. So etwas sah man heute selten.
»Mein Geschenk für das bestandene Abitur«, sagte er und sie betrachtete die Gravierung. Sie war von seinen Eltern. Nina gefiel sie. Sie wollte nun auch den Rest sehen.
In Theresias Zimmer gab es nur kahle Wände. Es sah so aus, als hätte sie alles mitgenommen, was sie besessen hatte. Nicht einmal mehr Möbel schmückten diesen Raum.

Auf dem Flur blieb Nick plötzlich stehen und starrte auf die nächste Tür. Sie folgte seinem Blick, merkte, wie bleich er wurde.
»Alles in Ordnung?«, fragte Nina. Nina wollte die Tür öffnen.

Sie war abgeschlossen. Nick schien gerade von seiner Starre zu erwachen. Er nahm ihren Arm.

»Das ist nur ein Abstellraum«, sagte er zu Erklärung.

Der abgeschlossen war? Nina glaubte nicht so recht an Nicks Worte. Sein bleiches Gesicht begleitete sie bis ins nächste Zimmer.

»Das war das Zimmer von Paul«, sagte er. Sie gingen hinein.

»Wo ist er jetzt?«, fragte Nina.

»Paul?«, fragte Nick. Sie nickte.

»Er lebt in München, er kommt nicht mehr oft hier her.«

Nina fragte sich, woran das lag.

Im nächsten Moment sprang sie auf das Bett und blieb auf den Rücken liegen. »Die Betten sind ein Traum«, sagte sie.

Nick lächelte zu ihr hinunter.

Ihre ausgestreckte Hand griff nach ihm. Nick ließ sich von ihr nach unten ziehen. Er hatte schon wieder mehr Farbe im Gesicht.

»Denkst du, dein Vater wird uns vermissen?«, fragte sie.

Er grinste. »Nicht die nächste Zeit.«

Sie küsste ihn und sie versanken in dem großen Himmelbett.

Das Bett war flauschig, und sie wollte gar nicht mehr aufstehen. Nick zog sie hoch.

Noch einmal konnte sie, die vorhandene Pracht spüren, die dieses Haus besaß, als sie wieder nach unten gingen.

»Es war sehr schön, danke für die Einladung«, sagte Nina, und gab Viktor die Hand, als sie kurz darauf aufbrachen.

»Es hat mich sehr gefreut, liebe Nina, ich hoffe, du kommst bald wieder«, sagte Viktor.

Sie lächelte, ließ sich noch mal umarmen, langsam gingen sie zum Auto.

Nick entfuhr ein langer Seufzer, als sie darin saßen.
»So schlimm, ist er gar nicht.«
»Du musstest nicht mit ihm aufwachsen.« Nick fuhr auf die Straße.
»Eltern sind eben so«, sagte sie.
»Du hast keine Ahnung.«
Nina nahm seine Hand. »Mehr als denkst.«

Vermutlich wäre es eine gute Idee ihre Sachen zu packen und Mierlbach den Rücken zu kehren. Sie konnte nicht hier weg, bevor sie wusste, was mit den Kindern geschehen war.

Alles war still, nur ein Hund bellte in der Nähe. Der kurze Spaziergang durch den Wald, hatte ihr etwas Ruhe gegeben. Es passierte nichts Besonderes. Wovor sollte sie Angst haben?
Das Haus lag am Morgen ganz still und einsam da.
Schon fast friedlich. Vielleicht zu friedlich. Eine trügerische Stille. Der Hund bellte wieder.
Er schien näher zu sein, vermutlich wurde er gerade ausgeführt.
Sie öffnete die Tür und ging hinein.
Sie hörte augenblicklich ein leises Winseln. Erschrocken lauschte sie. Es hörte sich nicht nach einem Menschen an, eher nach einem Tier. Im nächsten Moment sprang ein Fellknäuel auf sie zu. Nina schrie auf. Etwas Weiches und Nasses strich über ihr

Gesicht. Als ihr klar wurde, dass die Zunge eines Hundes über ihr Gesicht leckte, verschwand der anfängliche Schreck.

Sie hielt ihn fest, und rappelte sich hoch.

»Wie kommst hier rein?«, fragte sie den Hund.

Er machte Sitz und musterte sie interessiert, als wäre er hier Zuhause. Ein Tiefes aufatmen, kam aus ihren Lungen.

Sie hatte keine Ahnung, wie er hereingekommen war.

»Ich glaube, ich muss dich enttäuschen. Ich habe kaum was im Haus, besonders nicht für kleine Hunde.«

Er legte den Kopf schief und sah sie an. Seine Ohren waren groß und verdeckten seine Augen, wenn er wie jetzt, den Kopf auf den Boden senkte, um zu schnüffeln.

Sie ging in die Hocke und nahm sein Halsband in ihre Hände, um es genauer zu betrachten.

»Benjamin«, las sie laut vor. »Echt jetzt. Wer nennt seinen Hund Benjamin?«

Er spitzte die Ohren, und gab ein Bellen von sich.

»Na gut.« Sie richtete sich auf.

»Ich habe nichts gsagt. Ich schaue, ob ich was für dich hab«, sagte Nina.

Auf dem Fuße folgte er ihr in die Küche. Sie öffnete den Kühlschrank.

»Das scheint dein Glückstag zu sein.« Sie zog einen trockenen Speck heraus.

Schwanzwedelnd sah er darauf und sie hielt es ihm hin. Er schnappte es sich sofort und trug es unter den Tisch, setzte sich und begann es, zu verspeisen.

Einen Moment betrachtete sie ihn. Danach beschäftigte sie sich mit kochen.

Sie sah aus dem Wohnzimmerfenster, um nach dem Hund Ausschau zu halten. Sie war gerade aus der Dusche gestiegen und trug nichts weiter als ein Handtuch.

Nachdem er die dicke Scheibe Schinken verspeist hatte, war er eingerollt unter dem Tisch eingeschlafen.

Gerade war ihr aufgefallen, dass er verschwunden war.

Nirgends eine Spur von ihm.

Stattdessen trat Nick durch die Bäume. Sie ging zur Tür und ließ ihn herein.

»Alles okay?«, fragte er. Sie das zu fragen, tat er eindeutig zu oft.

»Warum nicht?«, fragte sie, und ging nach oben.

Er folgte ihr. Sie löste ihr Handtuch.

Als würde sie nicht wissen, was sie für eine Wirkung auf ihn hatte, beugte sie sich nach vorne, um ihren Koffer zu durchwühlen. Seine Hand bewegte sich zu ihr, er strich leicht über ihren Rücken. Trat näher heran und umschloss sie.

Er begann ihren Nacken zu küssen, und sie ließ es sich gefallen.

Plötzlich krachte es laut gegen die Tür.

»Komm raus, Drecksack, wir müssen reden«, ertönte Lisas Stimme. Nick seufzte.

»Was zum Teufel sucht sie hier?«, fragte Nina.

»Ich hab sie nicht eingeladen«, sagte Nick.

»Bleib hier, ich klär das kurz«, sagte er.

»Ich bleibe genau hier«, sagte sie, und legte sich auf den Rücken. Nick schluckte, betrachtete sie einen Moment in ihrer ganzen Nacktheit, beugte sich hinunter, küsste sie leidenschaftlich, während Lisa wie wild weiter an die Tür hämmerte. Widerwillig ging er hinunter zur Tür.

»Was hast hier verloren?«, fragte Nick. Er öffnete die Tür und schloss sie sofort wieder.

»Zuhause bist du ja nicht mehr anzutreffen«, zischte sie ihn an.

»Es gab ja nur noch einen Ort, wo du stecken könntest.«

Ihr Grinsen ging ihm auf die Nerven. Sie warf die Papiere, die sie von seinem Anwalt bekommen hatte, vor seine Füße.

»Glaubst du wirklich, ich lasse mich damit abspeisen?«

Sie reckte die Nase in die Höhe.

»Das ist mehr als fair, Lisa«, sagte er. Er war nicht sonderlich überrascht.

»Vergiss es, ich weiß ganz genau, was auf den Konten ist, ich will die Hälfte.«

»Der Ehevertrag sagt aber was anderes, du erinnerst dich«, sagte er.

Sie schnaubte. »Bin gespannt, ob der Richter, das auch so sieht.«

»Ich auch«, rief er.

Zur Antwort reckte sie den Mittelfinger.

Der Auftritt von Lisa hatte seine Lust nicht gedämpft. Beim Hinaufgehen der Treppe zog er sich aus, ging ins Schlafzimmer, kletterte über Nina und zog sie an sich. Ihr Stöhnen an seinen Lippen, machte ihn rasend. Völlig außer Atem, fiel er auf sie. Sie blieben eng umschlungen liegen. Er strich durch ihr Haar und ihm wurde schlagartig bewusst, dass er sie liebte.

»Den Blick, kenne ich noch nicht«, sagte sie lächelnd.

Er richtete sich auf und sah sie an. Sollte er es riskieren? Ihr diese Mitteilung machen? Die Gefahr, dass er sie damit von sich wegtrieb, war mehr als groß. Schon immer hatte er sie geliebt. Immer schon wollte er sie beschützen. Wie gerne würde er ihr davon erzählen. Wie sehr er ihre Ankunft hier ersehnt hatte, wurde ihm gerade bewusst.

»Nick?«, fragte sie.

Er lächelte, und setzte sich auf. »Musst nicht alles wissen«, sagte er. »Lass uns essen gehen.«

»Wenn ich dieses mal zahlen darf«, sagte Nina.

»Sei nicht albern.«

Sie seufzte und setzte sich auf. »Das war mein Ernst.«

»Meiner auch, wollen wir wirklich jetzt darüber streiten?«, fragte Nick.

»Tu nicht so, als wären wir zusammen«, sagte sie.

Okay, das tat weh.

»Vielleicht noch nicht«, sagte er. Warum war das so verdammt schwer mit ihr?

»Vielleicht nie.«

»Warum tust das?«, fragte er. »Immer wieder stößt mich von dir.«

»Wenn es dir nicht passt, es, steht dir frei zu gehen.«

»Was willst du eigentlich noch? Ich habe die Scheidung eingereicht, reicht dir das nicht?«

»Liebst sie eigentlich noch?«, fragte sie.

Verwirrt sah er sie an. »Denkst du, ich verhalte mich so. Siehst nicht, wo ich bin?«, fragte Nick.

Er hoffte, dass sie den Sinn seiner Worte nicht kapierte. In diesem Moment, wusste er nicht, was sie machen würde.

»Ich frage mich nur, warum du nach dem Gespräch mit ihr, fast über mich herfällst?«, fragte Nina.

»Das ist jetzt nicht dei Ernst?« Er war fassungslos.

Schnell griff er nach seinen Klamotten, und zog sich an. »Ich denke, ich sollt verschwinden«, sagte er.

»Das denke ich auch.«

»Du kannst dich ja melden, wenn du mich nicht mehr für ein Arschloch hältst«, sagte er.

Mit großen Schritten, sprang er die Treppe hinunter, ließ die Tür ins Schloss knallen und eilte davon.

Noch bevor er aus der Tür war, bereute sie ihre Worte. Doch waren sie gesagt. Würden wie eine Wand, zwischen ihnen stehen. Manchmal verstand sie sich nicht, tat Dinge, die sie sofort bereute. Sie dachte an seinen Blick.

Hatte sie Liebe darin gesehen? Hatte sie ihn deswegen so gemein angegriffen?

»Du bist so ein Idiot«, schimpfte sie sich selbst.

Irgendwie musste sie es wieder gut machen, sich bei ihm entschuldigen, aber das würde nicht so leicht sein.

Ein leises Bellen riss sie aus ihren Gedanken. Benjamin war da.

Sie sprang aus dem Bett, und zog sich an.

»Benjamin!« Sie trat durch die Tür. Die Taschenlampe in Beschlag, ging sie die Treppe hinunter. Dieser Hund, den sie nur kurz getroffen hatte, war ihr ans Herz gewachsen.

»Benjamin!«, rief sie und ging auf die Bäume zu. Das Bellen kam aus dieser Richtung. Sie betrat den Wald. Hier war es

stockfinster. Frierend zog sie die Weste fester um sich, und strömte weiter. Vorsichtig setzte sie einen Fuß vor den anderen. Als sie in eine Lichtung trat, hörte das Bellen auf.
Kurz darauf ertönte ein Winseln, das ihr durch Mark und Bein ging.
　Entsetzt rannte sie los. Die Vorstellung, dass er verletzt war, trieb sie schnell vorwärts. Die Taschenlampe vor sich, leuchtete sie in jede Richtung. Links sah sie etwas weißes aufblitzen und sie rannte darauf zu. Sein kleiner Körper lag in einer Blutlache.
»Nein!«
　Sie hob den kleinen Kerl auf ihre Arme. Wer hatte ihm das angetan? Er atmete schnell, sah sie aus seinen braunen, sanften Augen ängstlich an. Er musste zum Tierarzt.
　»Was tust du da?«, rief der Junge. Entgeistert fuhr sie herum, und sah Samuel. Samuel kam gerade aus einer Reihe von Bäumen hervor. Gab es ihn wirklich? War das ein Traum?
Langsam kam er auf sie zu. Ein kleines Mädchen stand hinter seinem Rücken. Sie versuchte, sich hinter Samuel zu verstecken. Gescheiterter Versuch. Nina erkannte sie.
Sie war das rothaarige Mädchen, das sie hinter dem Haus getroffen hatte.
　»Er muss zum Tierarzt«, sagte sie und merkte, dass sie kein Gewicht mehr in den Händen trug.
　Verwirrt sah sie nach unten. Benjamin saß wohlauf neben ihren Beinen. »Aber da war doch«, sagte sie.
Jeden Fleck suchte sie ab, aber das Blut war verschwunden.
Benjamin schien unversehrt. Ihr Blick glitt zu Samuel, zu dem kleinen Mädchen und zu Benjamin, der gerade auf die Kinder zulief. Schlagartig traf sie die Erkenntnis. Benjamin war ebenso

tot, wie es diese Kinder waren. Sie traten auf sie zu.
»Was machst du hier, es ist gefährlich für dich«, sagte Samuel.
Nina atmete tief durch.
»Warum?«, fragte sie. Nina ging in die Hocke, um besser mit ihm reden zu können.

Sie strich gedankenverloren, über das weiche Fell von dem kleinen Beaglerüden.
»Er darf dich nicht kriegen«, sagte er.
»Wer?«, fragte sie.
»Er!«, sagte Samuel.
»Er versucht, dich in den Wald zu locken, gegen deinen Willen, du darfst niemals hineingehen, hast du mich gehört«, sagte Samuel. Der kleine Junge, sagte das, mit einer Bestimmtheit, dass sie nicht widersprechen wollte.

Die drei wandten sich zum Gehen.
»Samuel, darf ich dich noch etwas fragen?«, fragte Nina.
Der kleine Junge nickte.
»Bist du mit der Familie Sturm verwandt?«
Der kleine Junge lächelte.
»Dominik, Domi, er war mein Bruder«, sagte er.

Wie betäubt sah sie ihnen hinterher. Die Bestätigung für das, was sie sich gedacht hatte. Nick hatte gelitten, und tat es immer noch. Merkte sein Fehlen, gerade jetzt um so mehr.
»Verschwinde, bevor er dich bemerkt!«, sagte er.
Die Drei verschwanden endgültig.

In Gedanken versunken machte sie sich auf den Heimweg. Warum musste er ständig in Rätseln sprechen? Vieles verstand sie nicht. Sie suchte nach Antworten und bekam keine. Im Gegenteil es warf mehr Fragen auf.

Im nächsten Moment hörte sie ein beängstigendes Knurren, und sie straffte ihren Rücken, bevor sie sich umdrehte.

Ihr stand ein Wolf, mit gefletschten Zähnen gegenüber. Panisch riss sie ihre Augen auf. Mit Bedacht ging sie ein paar Schritte zurück. Der Wolf ließ sie nicht aus den Augen.

Er kam näher. Nina hörte das Blut, in ihren Ohren rauschen. Ihre Glieder waren wie gelähmt. Sein Knurren wurde bedrohlicher. Das war es, was Nina ihren klaren Verstand zurückbrachte.

Schritt für Schritt ging sie rückwärts. Stieß gegen einen Baum, und starrte weiter auf das gefletschte Maul des Tieres.

Er schritt auf sie zu. Sie musste handeln. Sie atmete tief durch und rannte los. Seinen rasselnden Atem im Nacken, hörte sie ihn näher kommen. Unter dem glitschigen Boden hatte sie keinen Halt, die Kälte drang in ihre Lungen ein. Irgendwann hatte sie die Orientierung verloren. Trotzdem rannte sie weiter. Merkte seinen Atem in ihrem Nacken.

Sie streifte einen Baum und spürte Messer, die sich um ihr Bein legten. Im selben Augenblick landete sie unsanft auf dem Boden.

Ihr lang gezogener Schmerzensschrei, hallte durch den Wald, als er ihren Fuß packte und sie mitschleifte. Verzweifelt versuchte Nina, sich aufzurappeln, aber der Kraft des Tieres hatte sie nichts, entgegen zu setzten. Er schleifte sie gnadenlos mit, ihre Qualen ignorierend.

Irgendwann löste sich der Schraubstock um ihr Bein. Der Schmerz machte sie benommen. Der Wolf jaulte auf, dann herrschte Stille.

Schemenhaft sah sie ein Gesicht auftauchen. Sie kniff ihre Augen zusammen, um es besser zu erkennen. Es waren nur Konturen zu sehen. Stimmen redeten.

Sie den Kopf hob, um mehr sehen zu können. Nina spürte einen dumpfen Schlag auf den Kopf. Langsam driftete sie weg. Spürte einen weiteren Schlag, dann herrschte nur noch Dunkelheit.

Die Nacht war schlaflos gewesen. Wie konnte sie ihm so etwas vorwerfen? Nahm sie es so wahr?

Obwohl es Samstag war, stand er recht früh auf, weil er sich nur hin und her gewälzt und über alles gegrübelt hatte.

Immer wieder griff er zum Handy, und wollte sie anrufen.

Jedes mal verbot er es sich. Wenn er hinter ihr her lief, machte es die Sache nicht besser. Ständig kamen sie an diesen Punkt. Sie kamen nicht darüber hinaus, egal was er auch anstellte.

Er las die Zeitung in der Küche, aß labbrigen Toast und trank eine große Tasse schwarzen Kaffees. Es lenkte ihn nicht ab.

Die Gedanken an sie, waren zu stark.

Gerade als er die Zeitung beiseitelegte, klingelte sein Handy. Die Hoffnung Ninas Stimme zu hören, wurde zunichtegemacht, als er Marias Guten-Morgen-Gruß vernahm.

»Ist Nina bei dir?«, fragte sie und er seufzte.

»Nein, warum?«

»Ich erreiche sie seit gestern nicht mehr«, sagte sie besorgt.

»Vielleicht hat sie keine Lust, mit dir zu reden.«

»Könntest du bitte nach ihr sehen? Ich habe von Anfang an kein gutes Gefühl ghabt, wenn sie in diesem Haus wohnt«, sagte Maria.

Er seufzte.

»Ich dachte, du könntest es nicht abwarten, zu ihr zu fahren«, sagte sie.

»Wir hatten Streit.«

Maria lachte. »Hast die Schnauze voll von ihr?«

»Nein«, sagte Nick entschieden.

»Bitte, Nick, tu mir den Gfallen«, sagte sie.

»Ja, okay, ich schaue nach ihr, rufe dich zurück und lach dich aus, weil du immer so besorgt sein musst.«

»Wäre mir ganz recht«, sagte sie, und legte auf.

Er entschloss sich, es gleich hinter sich zu bringen. Ihr Wagen stand an der gleichen Stelle. Sie würde vermutlich noch friedlich im Bett liegen, oder hatte ebenso eine schlaflose Nacht hinter sich.

Als er durch die Bäume trat, sah er die offenstehende Tür. Doch glaubte er an nichts Böses. Zumindest nicht in diesem Augenblick. Er durchsuchte das ganze Haus, Nina war nicht zu finden. Er zog sein Handy heraus und wählte ihre Nummer.

Das Klingeln kam aus dem Wohnzimmer.

»Wo bist du?«, fragte er sich.

Sein Blick fiel aus dem Fenster. Er ging hinaus, und drehte sich um 360 Grad, sah in jeden Winkel, keine Spur von ihrer rotbraunen Mähne.

Eine Weile ging er im Kreis, ging hinüber zu den Bäumen. In die Richtung, wo er sie eines Nachts gefunden hatte.

Schließlich betrat er den Wald. Das war definitiv Ninas Schal, der

dort am Boden lag. Er streckte die Hand aus und hob ihn auf.
Verwirrt betrachtete er ihn eine Weile. Sah in alle Richtungen.
War ihr Irgendetwas zugestoßen? Wo konnte sie sein?
»Nina!«, schrie er und lauschte in den Wald hinein.
Leise wahrnehmbar, hörte er ihre Stimme. Schnell rannte er los.

Achtes Kapitel

Nina kam zu Bewusstsein, als der Tag graute. Sie hatte zu begreifen versucht, warum sie die Nacht im Wald verbracht hatte. Der Wolf kam ihr schlagartig ins Gedächtnis.

Sie sah sich um, von ihm war weit und breit nichts mehr zu sehen. Verzweifelt versuchte sie sich, aufzurichten, ihr Fuß machte es ihr unmöglich.

Kapitulierend setzte sie sich auf den kalten Laubboden zurück, und zog den Schuh des verletzten, geschwollenen Fußes aus. Was sich als schwierig gestaltet, letztendlich schaffte sie es.

Das Maul des Wolfes, hatte gute Arbeit geleistet. Seine Zähne tief in das Fleisch eingedrungen. Ihr Knöchel und die Fußsohle waren dick angeschwollen, und ein Stück der Haut fehlte. Sie spürte einen pochenden Schmerz und es brannte fürchterlich.

Aus den Augenwinkeln nahm sie eine Gestalt wahr.

Vor Schreck drehte sie sich um, erwartete den Wolf zurück, mit fletschenden, spitzen Zähnen, im Anschlag.

Nichts zu sehen. Ein Knacken von nahem, ließ sie erneut erstarren.

Da stand sie. Direkt an einem Baum. Martina Steinberg.

Einen Moment starrten sie sich an.

»Sei vorsichtig, er will dir Böses«, sagte Martina, trat auf sie zu. »Du musst hier weg.«
»Ich kann nicht«, sagte Nina und deutete auf ihren Fuß.
Martina sah sich ängstlich um.
»Ich kann von Glück sagen, dass ich überhaupt noch lebe«, sagte Nina.
»Mit Glück hatte das nichts zu tun.«
Nina sah zu ihr hoch. »Du hast ihn verjagt?«
Martina hob den Kopf, ihr Blick glitt nach links, und ein Lächeln umspielte ihre Lippen.
»Oh, er kommt«, sagte Martina und lächelte.
Nina wusste nicht, wenn sie meinte. Kurz darauf hörte sie Nicks Stimme durch den Wald hallen. Martina löste sich auf, Nina schrie, so laut sie konnte seinen Namen.
Sie hoffte, dass er sie fand.

Viktor Sturm beugte sich über ihren Fuß. Sie hatte sich geweigert ins Krankenhaus zu fahren.
Darum hatte Nick seinen Vater gebeten, sich ihre Verletzungen anzusehen.
Er reinigte die Wunden, drückte darauf herum. Nina kniff ihre

Zähne zusammen.

»Um es zu nähen ist es zu spät, du wirst ein paar Narben behalten«, sagte Viktor.

Das war im Moment Ninas kleinstes Problem.

»Wölfe wurden schon lange nicht mehr hier gesehen«, sagte Viktor. »Du hattest großes Glück.«

Das dachte sie unentwegt. Auch wenn ihr Glück den Namen Martina trug.

Nick lehnte an der Wand und war schweigsam, seit er sie gefunden hatte. Er hatte sie zum Haus zurückgetragen, während sie ihm erzählte, was geschehen war und dann gleich seinen Vater angerufen.

Viktor verband ihren Fuß, und wandte sich ihrem Kopf zu.

Jemand hatte ihr einen Stoß verpasst. War es möglich, dass auch der Wolf dafür verantwortlich war. Oder war da noch jemand? Jemand anderes, außer Martina? Sie musste an Benjamin und Samuel denken, auch an das kleine Mädchen.

Waren sie alle dafür verantwortlich, warum sie diese Nacht unbeschadet überstanden hatte?

Ganz sanft klebte er ein Pflaster auf die Schramme. Ihre Kopfschmerzen hielten sich in Grenzen, nicht zu vergleichen, mit den Schmerzen an ihrem Bein.

»Zur Sicherheit solltest du Antibiotika nehmen, ich lasse es dir da«, sagte er.

Nina nickte ihm zu. »Danke.«

»Gerne.«

Er nahm seine Tasche und folgte seinem Sohn hinaus.

Nick kam zurück und setzte sich zu ihr ans Bett.

»Kann ich dir was bringen?«, fragte er.

Sie schüttelte den Kopf und nahm seine Hand.

»Es tut mir leid, alles was ich gesagt habe. Es war nicht in Ordnung«, sagte sie.

Ein Lächeln umspielte seine Lippen.

»Manchmal schieße ich über das Ziel hinaus. Verscheuch die Menschen, mit denen ich gerne zusammen bin«, sagte sie.

»Bist du gerne mit mir zusammen?«, fragte er.

»Ja, sehr. Danke, dass mich gerettet hast.«

»Ich spiele gern den Helden für dich.« Er küsste sie auf die Stirn.

»Kann ich dich kurz alleine lassen, ich kaufe uns im Dorf etwas zu Essen. Dass du hier noch nicht verhungert bist, ist ein Wunder«, sagte Nick.

»Fahr ruhig.« Sie war besorgt.

Er schien es zu merken. »Sicher?«

Sie nickte. Er legte ihr Handy neben das Bett.

»Ruf mich an, wenn du etwas brauchst«, sagte er und ging hinaus. Nina atmete tief durch.

Nun hatte sie Zeit, über die Kinder nachzudenken, die ihren Weg all zu oft kreuzten.

Robert hob den Kopf vom Motorraum und sah erschrocken in Nicks Augen.

»Wie hoch ist die Chance, dass es hier im Wald Wölfe gibt?«, fragte Nick.

Robert musterte ihn einen Moment verwirrt. Er nahm das Tuch von der Werkbank, und rieb seine Hände ab.

»Warum fragst?«, fragte Robert und schien sichtlich verwirrt.

»Letzten Abend wurde Nina von einem angegriffen.«

»Großer Gott, geht´s ihr gut?«, fragte Robert.

»Ja, soweit scho, ihr Fuß hat einiges abbekommen, und sie hat eine leichte Gehirnerschütterung.«

»Was tut sie denn im Wald, wenn es finster ist?«, fragte Robert.

Das war eine gute Frage, er hatte keine Antwort darauf. Noch nicht.

Er wandte sich zum Gehen. Robert beugte sich über den Motor.

»Bitte, pass auf sie auf«, sagte er.

»Darum brauchst dir keine Sorgen machen.«

»Du bist ein guter Mann Nick, ich weiß, du wirst gut zu ihr sein«, sagte Robert.

Die beiden gaben sich die Hand. Nick verließ das Grundstück. Er hatte lange geglaubt, dass Robert ein anderer war. Die Jahre hatten gezeigt, dass er Fehler gemacht hatte, die alleine auf Schwäche basierten. Robert war völlig harmlos. Er könnte keiner Fliege was tun. Vor allem nicht Nina.

Als er zurückkam, traf er Nina, wo er sie zurückgelassen hatte. Grüblerisch sah sie an die Wand. Sie wollte aufstehen, aber er hob sie auf seine Arme. Sie ließ sich von ihm zum Tisch tragen und er packte die warme Pasta aus, die er mitgebracht hatte.

Bald darauf saßen sie sich gegenüber.

»Was hast du eigentlich so spät im Wald gmacht?«, fragte Nick.
»Ein Hund. Er hat bellt und ich dacht, er hätte sich verletzt.«
Nick zog die Augenbrauen zusammen.
»Ein Hund?«, fragte er.
»Ja. Ich dachte, es wäre der Hund, der vor ein paar Tagen im Haus war, ich weiß nicht wie er hereinkam.«
»Ein Hund also, ich habe gar nicht gewusst, dass du so tierlieb bist«, sagte er.
»Du weißt nicht viel über mich«, sagte sie.
Ein Lächeln umspielte ihre Lippen, das er erwiderte.
Nachdem sie gegessen hatte, wollte Nina ins Bett. Er half ihr nach oben. Danach ging er aus dem Haus, und wählte Marias Nummer.
»Es geht ihr gut«, sagte er. »Außer einem lädierten Fuß und einer Kopfwunde.«
Maria schien erleichtert.
»Gut, dass du mich drum gebeten hast«, gab Nick zu.
»Ich find es seltsam, dass sie nicht mehr heimkommt«, sagte Maria.
»Warum sollte sie, sie gehört zu mir.«
»Mal ehrlich Nick, findest du das nicht seltsam?«, fragte sie.
»Sie hat doch Urlaub.«
»Eben nicht. Mario musste jemanden einstellen, weil sie gekündigt hat«, sagte Maria.
Das fand Nick doch etwas seltsam.
»Vielleicht hatte sie einfach keine Lust mehr.«
»Ja, vielleicht«, sagte Maria.
»Hatte sie eigentlich immer schon solche Stimmungsschwankungen?«, fragte Nick.

»Früher war es noch schlimmer. Von nem Moment auf den anderen konnte sie völlig anders werden, in dieser Hinsicht ist sie unberechenbar.«
Es war also Teil ihrer Persönlichkeit.
»Ein Leben mit ihr wird nicht einfach, aber sie ist es wert.«
»Ja«, sagte Nick.
»Sag schon, was genau läuft jetzt bei euch?«
Nick lachte auf.
»Was Ernstes?«, fragte Maria.
»Für mich schon, bei ihr bin ich mir nicht so sicher.«
»Glaub mir, ich kenne sie, wenn du ihr nicht etwas bedeuten würdest, wärst nicht gerade bei ihr«, sagte Maria.
»Gut zu hören.«
»Sie ist kompliziert, du wirst Geduld mit ihr haben müssen«, sagte Maria.
»Das hab ich mittlerweile mitbekommen.«
Langsam ging er zum Haus zurück, und betrat es.
»Ich muss auflegen.«
»Pass in Zukunft auf sie auf«, sagte Maria anklagend.
»Mach dir keine Sorgen.«

Als er oben das Schlafzimmer betrat, war Nina gerade dabei aufzustehen. Mit einem Schritt war er bei ihr und stützte sie.
»Ich komm mir gerade vor, als wäre ich 80 Jahre alt.«
»Wirklich, hast dich gut ghalten«, sagte er.
Sie lachte auf. Schrie auf, als er sie plötzlich packte und auf seine Arme hob.
»Wär es möglich, dass wir ins Dorf fahren, ich muss hier raus, und will zu Katja.« Sie legte den Arm um ihn.
»Alles, was dein Herz begehrt«, sagte Nick.

Wenn er über seinen Bruder reden wollte, hätte er es schon längst getan. Im Grunde machte die ganze Familie den Eindruck, als hätte sie dieser Schicksalsschlag sehr getroffen. Alle waren darauf bedacht, nicht an ihn erinnert zu werden, um den Schmerz nicht ertragen zu müssen. Ansonsten hätte sie ein Bild von Samuel, unter den vielen Gemälden in Viktors Haus gesehen.

Ihre Gelegenheit kam, als Nick und Ben nach draußen gingen, um sich Bens Auto anzusehen. Damit schien etwas nicht in Ordnung zu sein.

»Ich hab von jemanden im Dorf gehört, das Nick einen Bruder hatte, stimmt das?«, fragte

Katjas Gesicht wurde ernst. »Ja.«

»Ich weiß nur, was Ben mir erzählt hat, Nick hat nie über ihn geredet, es hat die ganze Familie schwer getroffen.«

»Wie ist er denn gestorben?«, fragte Nina.

Katja sah Nina verwirrt an.

»Er gilt als vermisst, zumindest wurde seine Leiche nie gefunden.«

»Oh, mein Gott.«

Katja nickte. »Viktors Frau, Nicks Mutter war danach nicht mehr sie selbst, zuerst wurde sie in einer Klinik behandelt, als sie entlassen wurde, packte sie ihre Sachen, und zog von hier weg«, sagte Katja.

»Schlimm.«

»Ihr Hund war von Zuhause weggelaufen und Samuel lief los, um ihn zu suchen, die beiden kamen nie wieder nach Haus. Das ganze Dorf hat nach ihnen gesucht, sie hatten die ganze

Umgebung und den Wald durchkämmt, aber nichts gfunden«, sagte Katja.

Es war gut, eine Bestätigung zu bekommen, dass es Benjamin wirklich gegeben hatte. Das bestätigte, dass sie nicht verrückt war.

»Wer bitte nennt einen Hund Benjamin?«, fragte Nina.

Katja lachte auf. »Das hatte ich mich auch gefragt.«

»Es war ein Beagle, nicht wahr?«, fragte Nina.

Katja nickte, und betrachtete Nina.

»Ich muss dir was gestehen, ich habe Ben von uns erzählt.«

»Kein Problem.«

»Ich mein, ich bin mir sicher, dass es Nick auch bald weiß, mein Mann in Ehren, aber er konnt noch nie seine Klappe halten«, sagte Katja.

»Nicht schlimm, früher, oder später, hätte ich ihm es sowieso erzählt.«

Katja schenkte Kaffee ein. Nick hatte gelitten, und plötzlich sah sie ihn mit anderen Augen. Einen ernsten, nachdenklichen Nick, der seinen Bruder geliebt und ihn verloren hatte.

»Vielleicht solltest mit dem Auto bei Robert vorbeischauen«, sagte Nick.

Er konnte Häuser bauen, aber mit Autos kannte er sich grundsätzlich nicht gut aus.

»Vergiss das Auto«, sagte Ben, und lehnte sich entspannt dagegen.

»Ich wollte nur kurz mit dir reden.«

»Oh«, sagte Nick.

»Weißt eigentlich, dass meine Frau und Nina, wie soll ich sagen, sie waren mal ein Paar.«

»Oh«, sagte Nick. Er machte ein selten dämliches Gesicht, sodass Ben auflachte.

»Was?«

Ben nickte ihm zu, immer noch selten dümmlich grinsend.

Nick selbst keine Ahnung, was er darüber denken sollte.

»Nina ist bisexuell«, fügte Ben hinzu.

Darüber hatte er nichts gewusst. Selbst Maria hatte darüber geschwiegen. Oder wusste sie es nicht?

»Findest das nicht seltsam?«, fragte Ben.

Nick zuckte die Achseln. »Irgendwie schon.«

Es war zu neu für ihn, um eine Meinung darüber zu haben.

Der Gedanke ließ ihn aber nicht mehr los.

Auf dem Weg zurück, betrachtete er Nina, und wollte sie danach fragen. Alles was ihm fehlte, war der Mut dazu.

Er ließ es bleiben, griff stattdessen nach ihrer Hand. Sie schenkte ihm dafür ein Lächeln. Dieses war alles, was für ihn zählte.

Neuntes Kapitel

Es war finstere Nacht. Eine Gestalt trat an das Haus heran.
Lange Zeit war vergangen, bis die Lichter gelöscht gewesen waren.

Samuel trat von den Bäumen hervor, sah kurz zu Martina, letztendlich glitt sein Blick auf das Haus hinüber.

»Die Dunkelheit ist weit vorgedrungen, es wird Zeit sie zu warnen«, sagte Martina.

»Sie versteht es nicht«, sagte Samuel. »Wie oft habe ich es ihr begreiflich machen wollen.«

Martina Steinberg sah auf das Haus, in dem sie aufgewachsen war.

»Wie sollte sie auch. Sie versteht nicht einmal, warum es uns gibt.«

Schon damals war sie hier gewesen.

»Sie ist es, die Einzige die uns retten könnte«, sagte Samuel.

»Es wäre ihr Tod«, sagte Martina.

»Die Einzige, die uns wahrnimmt.«

»Denk an deinen Bruder, er hat sie endlich gefunden«, sagte Martina.

»Die Beiden mögen sich.«

Sie seufzte, wie konnte man einem Kind begreiflich machen, was Liebe und diese andere Sache war. Völlig vergaß sie dabei, dass sie selbst nicht viel älter war als er. So viel hatte sie in ihrem Tod erlebt, wie ihr als Lebender verwehrt geblieben war.
Samuel ging auf das Haus zu.
»Lass sie in Ruhe«, sagte Martina scharf. »Im Moment können sie niemanden gebrauchen.«
Der Kleine sah sie irritiert an, bis er zu verstehen begann.
»Oh, diesen Erwachsenenkram also.«
Martina trat wieder zwischen die Bäume, und Samuel folgte ihr.
»Wir müssen sie aus dem Haus vertreiben«, sagte Martina rigoros.
»Auch eine Idee, wie?«, fragte Samuel.
Martina nickte knapp. Sie hoffte, dass es Nina verstehen würde.
Sie musste warten, bis die beiden aus dem Haus waren.
Sie in Gefahr bringen war das Letzte, was sie wollte.

Es waren langweilige Tage gewesen. Wo Nina wieder einigermaßen laufen konnte, musste sie aus dem Haus.
Nick hatte sie wohlbehütet am Morgen zurückgelassen. Sie war es leid, den ganzen Morgen auf dem Sofa zu liegen. Auf ihn zu warten, bis sie mittags zusammen aßen. Darum beschloss sie, ihrer Leidenschaft nachzugehen, und backte nach langer Zeit

wieder. Im Anschluss entschloss sie sich, bei ihm im Büro vorbeizufahren.

»Hallo Nina«, sagte Tobias augenzwinkernd, und kam aus der großen Lagerhalle.

»Hi«, sagte sie und gab ihm die Hand.

Tobias nahm die große Schachtel entgegen, die sie ihm entgegenhielt.

»Ich habe euch was mitgebracht«, sagte Nina. Tobias öffnete den Karton. Kleine Törtchen in allen Farben, schimmerten ihm entgegen.

»Nick hat schon gesagt, wie gut du backen kannst«, sagte Tobias. Er sah begeistert aus, und hielt den Daumen nach oben.

»Wie geht´s deinem Fuß?«, fragte er. Sie folgte seinem Blick hinunter zu ihrem Bein.

»Fast verheilt«, sagte sie. »Ist er da?«

Er schüttelte den Kopf und sah auf die Uhr.

»Wart doch im Büro, er müsste bald kommen.«

»Danke«, sagte sie.

»Ich danke.« Tobias ging davon.

Sie ging schwerfällig die Treppe hoch, und setzte sich an seinen Schreibtisch.

Ihre Hand glitt über seine Tastatur, sie nahm einen der Kugelschreiber mit dem Logo seiner Firma in die Hand.

Sie rutschte nach vorne und beugte sich über Baupläne.

Durch die Berührung ging der Computer an, der auf Ruhemodus geschaltet war.

Nina lehnte sich wieder zurück und sah auf den Bildschirm.

Auf dem Desktop war ein Bild, das sie irritierte.

Ein viel jüngerer Nick strahlte in die Kamera, mit einem Baby

auf dem Arm.
Das Baby kam ihr bekannt vor. Aber das machte keinen Sinn. Oder war sie mit ihren Eltern schon da gewesen, und hatte keine Ahnung davon gehabt? Warum verwendete er es als Hintergrundbild? Oder war das gar nicht sie, sondern nur ein Baby, das ihren Babybildern glich.

Es war verwirrend und sie wusste, wenn sie Nick fragen würde, würde er ihr nicht die Wahrheit sagen.

Sie sah ihn die Treppe hochkommen, mit einem ihrer kleinen Kuchen im Mund und einem Aktenordner in der Hand.

Er biss ab und lächelte ihr entgegen, küsste sie.
»Willst du meine Arbeiter bestechen?«, fragte Nick.
Sie grinste. »Ich habe was Neues ausprobiert.«
»Hör nicht damit auf«, sagte er, und biss noch mal ab.
»Aber du sollst doch liegen bleiben.«
»Ich brauchte etwas Luft.« Sie sah auf die Uhr.
»Wann kommst du?«, fragte sie.
»So bald wie möglich. Ich muss noch bei mir vorbei, ein paar Sachen holen«, sagte Nick.

Nina sah aus dem Fenster, hinüber zu Nicks Haus. Er nahm sie in die Arme. »Ist sie weg?«, fragte Nina.
Er hatte kein Wort mehr darüber verloren.
»Ja«, sagte er. »Ich war selbst überrascht, wie schnell sie es eingesehen hat.«
»Hat sie es wirklich eingesehen?«, fragte sie.
»Ehrlich, ich weiß nicht.«
Sie drehte sich um und legte die Arme um seinen Hals.
»Ich sollt dich nicht länger abhalten«, sagte Nina.
Er hielt sie weiter umklammert.

Sie küsste ihn, schob ihn gegen die Wand und vertiefte den Kuss.
»He.« Er löste sich. »Du scheinst mich vermisst zu haben.«
Sie lächelte, und lehnte sich an seine Brust. Er umschloss sie mit seinen Armen. »Ist alles in Ordnung?«, fragte Nick. »Nina?«
»Alles in Ordnung.«
Er glaubte ihr nicht und sah sie skeptisch an, aber er beließ es dabei.
»Komm nicht zu spät«, sagte sie und ging hinaus.

Ein leckerer Duft, lag in der Luft. Nick merkte erst, welchen Hunger er hatte, als er ihr Haus betrat. Die Tür war nicht verriegelt. »Du solltest immer abschließen.«
Nick verriegelte gewissenhaft die Tür hinter sich, und sah aus dem Fenster.
»Will mich jemand umbringen?« Nina lachte dabei.
Warum machte es sie nicht nervös? Schließlich war sie vor ein paar Tagen, fast von einem Wolf zerfleischt worden.
Dass sich ein Wolf auch nicht von einer verriegelten Tür abhalten

lassen würde, blendete er vollkommen aus. Darüber mochte er nicht erst nachdenken.

»Man kann nie wissen«, sagte er.

Er hatte das Gefühl, dass sie doch blasser, um die Nase wurde.

»Ich geh duschen.« Er ging nach oben. Sein Handy vibrierte und eine Sekunde später hatte er Maria in der Leitung.

»Guten Abend«, sagte er fröhlich.

»Was hast du geraucht?«, fragte Maria.

Nick lachte auf. »Was gibt´s? Was verursacht deine schlechte Laune?«, fragte Nick.

»Wer denn schon, meine Tochter.«

Er betrat das Badezimmer und seufzte.

»Hattet ihr wieder Streit?«

»Ja und wie, es war, als wäre ich ihr nur noch lästig, als ich sie angerufen habe«, sagte Maria.

»Um was ging es diesmal?«, fragte Nick.

»Na, um dich, du Idiot.«

»Was hast gesagt?«, fragte er.

»Eine kleine Andeutung deines Alters und des ihren, dann fuhr sie ihre Krallen aus und die können wehtun.«

»Was hast erwartet?«, fragte er, und bemitleidete sie nicht.

»Wirklich Maria, sag mir den Grund warum du nicht willst, dass wir zusammen sind?«, fragte Nick.

»Ich will nur nicht, dass sie jemand verletzt, besonders nicht du.«

»Du denkst, ich würde das tun?«, fragte Nick.

»Wie viele Frauen hattest du, während deiner Ehe?«, fragte sie.

Nick seufzte. »Ich will es nicht leugnen, aber das war was anderes.«

»Warum war das was anderes?«, fragte sie.
»Weil ich Lisa schon lange nicht mehr liebe.«
Maria schwieg eine Weile.
»Du liebst sie wirklich?«, fragte Maria.
»Sehr. Ich frage mich, warum du gedacht hattest, warum ich mit ihr zusammen bin und meine Frau verlassen habe?«, fragte Nick.
»Weil sie schön ist ... ich ... ach egal.«
Etwas verwundert war er schon. Das konnte nicht alles sein.
»Na gut, tut mir leid, dass ich an dir gezweifelt habe. Leg ein gutes Wort für mich ein, wenn sie über mich herziehen sollte.«
»Mach ich«, sagte er. »Du wusstest davon, nicht wahr? Dass sie nicht nur Männer mag?«
Sie schnaubte auf. »Sie hat keine Situation ausgelassen, um mich damit zu konfrontieren. Ist das ein Problem für dich?«, fragte Maria.
»Ich denk nicht.«
»Für mich war es das auch nie, ich habe es ihr nur nie gesagt.«
»Das solltest du«, sagte er und legte auf.

Er wandte sich der Dusche zu und genoss einen weiteren Abend mit Nina, in dem alten Waldhaus. Es sollte der Letzte sein.

Es dämmerte bereits, als Nina zurückkam. Bepackt mit Tüten.
Den ganzen Nachmittag, hatte sie mit Einkaufen zugebracht.
Ihr hatte es gefallen, Sachen für das Haus zu kaufen, um es aufzuhübschen.

Beim Durchqueren der letzten Baumreihen nahm sie den kleinen Hund wahr. Benjamin saß am Rand des Hauses und sprang auf sie zu. Ein Lächeln umspielte ihre Lippen.
Sie ging auf die Knie und kraulte ihn hinter den Ohren.
Wie konnte es möglich sein, dass er so real wirkte?
Warum konnte sie so mühelos durch sein glattes Fell streichen?
Er bellte, legte seine Schnauze um ihre Jeans und wollte verhindern, dass sie zum Haus ging.
Obwohl er es nicht im Mindesten schaffte, sie zu bewegen, gab er sich alle Mühe, in die andere Richtung zu ziehen, weg vom Haus.
Im nächsten Moment zersprang ein Fenster, daraus schlugen Flammen empor.
Durch den Schreck fiel sie auf ihren Allerwertesten.
Benjamin hielt für einen Moment inne und sah auf das Haus, das gerade in Flammen aufging.
Geschockt bestaunten sie beide, wie es mehr und mehr den Flammen zum Opfer fiel.

Als sie verstand, dass er sie gerettet hatte, sie auf seine ihm mögliche Art gewarnt hatte, mochte sie ihn um so mehr.
»Danke«, sagte Nina.
Mit schiefen Kopf betrachtete er sie.
Gedankenverloren kraulte sie ihn weiter, starrte machtlos und gebannt auf das Haus.

Ein weiterer Schatten glitt aus den Bäumen heraus.
Samuel sah zuerst auf das Haus, dann zu seinem Hund und Nina.

»Du solltest gehen«, sagte Samuel.

Bevor sie einen klaren Gedanken fassen konnte, kam eine Kälte über sie, wie sie sie noch nie gespürt hatte. Unfassbar musste Nina mit ansehen, wie sich Samuel und Benjamin veränderten. Das Blut strömte beiden über die Körper. Wie schon im Traum, musste sie es hier wieder erleben.

»Los, Nina, lauf, er ist gleich hier«, sagte Samuel.

Die beiden verschwanden, aber sie war zu fassungslos, um sich zu bewegen.

Sie starrte auf die Gestalt, die aus den Bäumen trat. Mit kalten Augen starrte er auf sie hinunter. Er kam näher. Nina sprang auf. Lief los, als er gerade die Hand nach ihr ausstreckte. Das konnte nicht sein. Bevor sie überlegen konnte, lief sie den Weg zurück, den sie gekommen war. Sah sich um. Er schien zu schweben. Näher und näher kam er auf sie zu. Nina wich vom Weg ab, rannte zwischen den Bäumen hindurch. Plötzlich hatte sie keine Ahnung mehr, wo sie war, als sie aus dem Waldstück heraus sprintete.

Einen Moment später, fühlte ihr Fuß keine Oberfläche mehr, und sie stürzte kopfüber nach unten. Das Wasser war eiskalt und ließ sie aufschreien, als sie hineinstürzte.

Sie war im Bach gelandet. Entgeistert richtete sie sich auf, und sah nach oben. Mit einem hämischen Ausdruck im Gesicht richtete er den Blick zu ihr nach unten.

Sie wusste, ebenso wie er, dass sie in der Falle saß, ihm ausgeliefert. Zu keiner Reaktion fähig starrten sie sich weiter an.

Dunkelgrün in Dunkelgrün. Wie auf einer Wolke schwebte er abwärts, auf sie zu. Mit jeder Sekunde kam er näher.

Sie war wie eingefroren. Zu nichts fähig, was sie ihm

entgegensetzen könnte. Ihr Blick vollends auf ihn gerichtet. Obwohl sie wusste, dass ihr dasselbe Leid bevorstand. Plötzlich hellte ein Licht auf.
Er stolperte rückwärts, während Nina Wärme umschloss. Aus irgendeinem Grund wusste Nina, dass sie in Sicherheit war. Er glitt den Hügel wieder hinauf, und war sogleich verschwunden.

Erschöpft fiel sie zurück, in das kalte Nasse und nahm einen weiteren Schatten wahr, der zu ihr herunterkam. Es war sie selbst, die sich von dort oben, über sich beugte.

Nina schloss ihre Augen und in der nächsten Sekunde, umhüllte die Dunkelheit sie.

Die Küche war erfüllt, vom Geruch des Bratens in der Röhre. Dominik konnte sich nicht erinnern, wann er seine Küche zuletzt benutzt hatte. Die Ablenkung tat ihm gut.

Zu oft kam ihn der Abend, vor ein paar Tagen in den Sinn. Sah die Flammen aus dem alten Haus emporsteigen, als er Abends von der Arbeit, direkt zu Nina gefahren war. Die Angst hatte ihn vollends eingenommen. Zumindest bis er Nina fand. Durchnässt lag sie am Rand des Waldes.

Vermutlich hatte sie ein Holzscheit im Kamin brennen lassen. Das war das Urteil der Feuerwehr, die nicht mehr viel löschen konnten. Man war nicht sonderlich daran interessierte, weitere Untersuchungen anzustreben. Wenn Nina auch behauptete, dass sie kein Feuer gemacht hatte, bevor sie aus dem Haus gegangen war.

Warum zum Teufel war sie nass bis auf die Haut gewesen? Sie erinnerte sich an nichts. Eine Folge ihrer Gehirnerschütterung, wie der Arzt im Krankenhaus gesagt hatte. Maria und Mario, die er informiert hatte, waren noch am selben Tag in das Krankenhaus, im benachbarten Großbruck gekommen.

Ihre Mutter hatte darauf bestanden, dass sie mit nach Hause kam. Nina hatte sich völlig dagegen gewehrt.

Seitdem wohnte sie bei ihm. Immer noch angeschlagen, verbrachte sie die Tage und Nächte, in seinem Bett. Wenn sie nicht schlief, starrte sie an die Wand, als würde sie mehr sehen als nur reinen Beton. Ständig schien sie über irgendetwas nachzudenken. War zu ihm verschlossen, wie eh und je. Das anfängliche Vertrauen, zerfiel zu Staub. Ständig hatte er das Gefühl, dass eine Angst sie ganz einnahm. Immer hatte sie einen gehetzten Gesichtsausdruck in den Augen, als würde sie jederzeit bereit sein zu fliehen. Vor wem oder was? Was genau war passiert? Was verheimlichte sie ihm?

Darüber konnte er nicht urteilen. Was er selbst, vor ihr verheimlichte, war bedeutend schlimmer.

Er mochte gar nicht daran denken, wenn sie je erfuhr, was er über ihren Vater wusste und er es ihr nicht gesagt hatte.

»Hi«, sagte Nina und betrat das Zimmer.
Nick war überrascht, als Nina plötzlich hinter ihm stand.
Er lächelte und kam auf sie zu. Küsste sie, und führte sie zum Tisch. »Das Essen ist gleich fertig«, versprach er ihr.

Betrachtend stellte er fest, dass sie schon wieder besser aussah. Rote, glühende Wangen und wache Augen, bestätigten das.
»Ich vermute, das Haus kann nicht gerettet werden?«, fragte sie.
Er schüttelte den Kopf. »Altes Holz. Es ist nichts mehr übrig.«
Nüchtern nickte sie ihm zu, sah auf das Essen, dieses stellte er gerade auf den Tisch. Dominik schien zufrieden, als er ihr beim Essen zusah, sie schlang es regelrecht in sich hinein.
»Ich hatte schon Angst, ich hätt das Kochen verlernt.«
»Nein«, sagte sie.
»Kannst du dich mittlerweile an was erinnern?«
»Nicht wirklich, ich weiß nur noch, wie ich durch den Wald gegangen bin«, sagte sie.
»Hauptsach dir ist nichts passiert.« Er nahm ihre Hand.
Sie nickte. Merkte, als sie ihn so ansah, was er von jetzt an für sie war.
Jemand der ihr mehr bedeutete, als sie zugeben wollte.
Sie würde es ihm aber nicht zeigen, oder gar sagen.
Diese Gedanken verbot sie sich, und wandte sich wieder dem Essen zu.

Wut war wohl das Wort, das Lisa in den Sinn kam, wenn sie daran dachte, wie Nick sie abgespeist hatte. Mittlerweile war sie von Zorn zerfressen.
Dieses Miststück war sogar schon bei ihm eingezogen.
Sie hatte das geschafft, was so viele Frauen versucht hatten, und es ihnen nicht gelungen war. Dadurch war sie unvorsichtig geworden. Vor allem bei Nina hätte sie umsichtiger sein müssen. Schließlich hatte sie gewusst, wie er zu ihr stand.
Diese Geschichte, wie er sie gefunden hatte, ganz allein im Bett, hatte sie zur Genüge hören müssen.
  Wie demütigend es war, wieder bei ihren Eltern, leben zu müssen. Die mitleidigen Blicke der Dorfbewohner, machten es nicht besser. Lisa wollte kein Mitleid, sondern wieder das Leben, das ihr ihrer Meinung nach Zustand.
  So schnell würde sie sich nicht geschlagen geben. Würde sich alles wieder zurückholen. Ein Grinsen umspielte ihr Gesicht.
  Ihr morgendliches Programm, begann jeden Morgen, mit einer Runde joggen. Dieses mal wich sie ein wenig von ihrer eigentlichen Strecke ab, und nahm den Weg durch den Wald. Wollte einen kleinen Blick darauf werfen. Die Ruine, oder eben was davon noch übrig war. Bedauernswerterweise war Nina nicht im Haus gewesen, als die Flammen, alles nieder gemacht hatten. Ein verkohlter Umriss zeugte davon, dass dort vor ein paar Tagen, noch ein Haus gestanden hatte. Ansonsten war alles vernichtet. Alles, außer die Bewohnerin. Wie schade!
Damit wären alle ihre Probleme abgehakt gewesen.
Na wenn schon, dann musste sie sich eben selbst anstrengen.
Einen Keil zwischen sie treiben. Das wäre leichter, als gedacht, sie musste nur ein nettes Gespräch, mit Nina führen.

Zufrieden mit ihren Gedanken wollte sie weiter, als ein Knacken sie umschauen ließ. Entgeistert schrie sie auf, und strauchelte rückwärts. Einen Moment der Fassungslosigkeit durchflutete sie, als sie begriff, wer da gerade durch die Bäume trat. Als er näher kam, wich sie weiter zurück, und rannte los.
Weiter durch den Wald, irgendwann konnte sie nicht mehr sagen, wo sie eigentlich war.
Sie rutschte aus und ihr Kopf knallte gegen den nächsten Baum.
Lisa Sturm blieb bewusstlos liegen, als jemand sich über sie beugte. Ein Flüstern an ihrem Ohr, aber Lisa nahm nichts davon wahr, zu tief war ihr Schlaf.

Katja kam gegen zwei Uhr vorbei. An ihrem ernsten Gesichtsausdruck, sah man ihr an, dass irgendetwas passiert war. Vergeblich hatte sie auf Nick gewartet, um mit ihm zu Essen.
Hatte sich gewundert, dass er sich nicht wenigstens gemeldet hatte.
»Na, sag schon«, sagte Nina, und sah ihre Freundin abwartend an.
»Nick ist im Krankenhaus«, sagte Katja. Sie fühlte sich augenscheinlich nicht wohl dabei, was sie ihrer Freundin sagen

musste.

»Lisa hatte einen Unfall, Nick ist bei ihr.«

Nina nickte und versuchte diesen Schlag zu verdauen. Sie wusste nicht so recht, was sie davon halten sollte. Es war ja in Ordnung, dass er nach ihr sah. Wie es aber aussah, musste er schon Stunden bei ihr sein.

Als Katja gegangen war, packte sie ihre Autoschlüssel, und fuhr los. Noch als sie in den Krankenhausparkplatz einfuhr, sah sie Nick und Viktor, bei einem ihr unbekannten Ehepaar stehen. Instinktiv wusste sie, wer sie waren, denn Lisa hatte das gleiche blonde Haar, wie ihre Mutter.

Angespannt blieb sie sitzen, sah Nick wie er seine Schwiegereltern umarmte, und er zusah, wie sie davon gingen. Nick und Viktor redeten miteinander. Sie hatte das Gefühl nicht erwünscht zu sein. Würde Nick jetzt den sorgenvollen Ehemann spielen? Das würde sie nicht ertragen.

Voller Hochspannung fuhr sie zurück, versuchte wieder einen klaren Kopf zu bekommen. Was nicht leicht war.

Sie dachte daran, wie Lisa es schaffte ihn, zurück auf ihre Seite zu ziehen. War das Eifersucht? Noch nie hatte sie solche Gefühle gehabt.

Bei Nick angekommen warf sie sich auf das Sofa, um ihren Gedanken nachzuhängen.

Einen Moment später, hörte sie sein Auto im Hof parken. Sie stand auf, um ihm entgegenzugehen und ihn zur Rede zu stellen.

Er war kaum in der Tür, als er sie mit einem Bein schwungvoll schloss. Er fasste ihre Arme und drückte sie gegen die Wand.

Er küsste sie, zog sie näher zu sich.

Sie war etwas erschrocken, wie grob er sie gepackt hatte und doch ließ sie es sich gefallen.

Er begann ihren Hals zu küssen, fordernd und leidenschaftlich. Ihr Shirt glitt leicht über ihren Kopf, als er begann sie auszuziehen. Er zupfte an ihren Slip, unter dem Rock und dann verlor er keine Zeit mehr.

Einige Minuten später, hörte sie die Dusche rauschen. Zuvor hatte er sie noch auf die Stirn geküsst und war im Bad verschwunden. Was war mit ihm los? Sie zog ihren Rock wieder zurecht, richtete ihr Shirt. Überlegte es sich anders und zog sich aus.

Küsste ihn, während warmes Wasser über sie beide rann und wusste, egal was Lisa noch anstellen würde, sie hatte keine Chance.

Nick trocknete sich ab. Nina war nach unten gegangen, um das Essen aufzuwärmen. Was war da passiert? Wollte er ihr so unbedingt zeigen, dass Lisa ihm nichts mehr bedeutete? Wollte er es sich selbst zeigen?

Er zog sich an und ging hinunter.
»Das vorhin tut mir leid, ich war nicht ich selbst.«
»Das habe ich gmerkt«, sagte Nina.
Sie zögerte, aber diese Frage musste sie ihm stellen.
Nina sah ihn eingehend an, und versuchte zu ergründen, was er

dachte. »Hast du sie noch geliebt?«, fragte sie.
Er zog die Luft scharf ein. »Nein.«
Nina schwieg eine Weile.
»Ich kenne sie schon immer, wir waren vor unserer Beziehung befreundet, ich fühlte mich einfach für sie verantwortlich«, sagte Nick.
»Okay«, sagte Nina.
»Ich weiß, wie das für dich aussehen muss.«
Ihr Schweigen machte ihn nervös, und innerlich verfluchte er sich.
»Alles in Ordnung?«, fragte Nick.
Sie nickte und schwieg, und das beunruhigte ihn mehr als alles andere. Er hielt ihre Hand und strich darüber.

Nach dem Essen machten sie es sich auf dem Sofa gemütlich, mit einer Flasche Weißwein.
»Es tut mir wirklich leid«, hauchte er. »Bitte, verzeih mir.«
Seine Hand legte sich auf ihren Oberschenkel und strich sanft darüber.
»Sei nicht mehr böse.« Er verteilte Küsse auf ihren Beinen.
Sie schmolz dahin.
»Es tut mir so leid«, flüsterte er, und glitt mit seiner Zunge, zwischen ihre Beine.
»Du Mistkerl«, jammerte sie.
War sie wirklich eifersüchtig? Ein Lächeln umspielte seine Lippen.
Wenn es Nina auch nicht im Mindesten ahnte, hatte sie ihm auf ihre Weise gestanden, dass sie Gefühle für ihn hatte.
Sie hatte nur ein Problem damit, es sich einzugestehen.
Seine Zeit war endlich gekommen.

Wie glücklich er war mit ihr, konnte er nicht in Worte fassen. Somit verscheuchte er seine Gedanken aus seinem Kopf und widmete sich Nina.

Zehntes Kapitel

In dieser Nacht konnte Nina nicht einschlafen. Sie spürte eine tiefe Unruhe und große Anspannung. Eine Ahnung, das Unheilvolles bevorstand.

Sie betrachtete Nick beim Schlafen, der tief und traumlos zu sein schien, und beneidete ihn darum.

Diese entsetzliche Kälte. Eisige Kälte, die sich von ihren Beinen ausbreitend, langsam in ihrem Inneren über ihren Bauch, bis nach oben zu ihrem Brustkorb zog. Ihr ganzer Körper war innerhalb weniger Minuten, ein einziges Kühlhaus.

Plötzlich hörte sie es. Die angespannte Stille wurde durchbrochen von leisen, zielstrebigen Schritten im Flur. Sie näherten sich dem Schlafzimmer. Unwillkürlich zog sich ihre Brust zusammen, sie traute sich nicht mal mehr Luft, zu holen. Sie zwang sich tief, durchzuatmen.

Nina setzte sich langsam auf, ihr Herz klopfte bis zum Hals. Langsam müsste sie sich daran gewöhnt haben. Wer war es dieses mal? Es blieb für einen Moment stumm, dann trat sie durch die Tür.

Erleichtert stellte sie fest, dass es Martina war. Sie stand auf, und sah zu Nick, der nichts von dem mitbekam, was in seinem

Haus gerade vorging.

Im nur vom Mond beschienen Flur, folgte sie ihr die Treppe hinunter. Martina wartete in der Küche auf sie.

»Danke, dass du mich gerettet hast«, sagte Nina.

Martina lächelte ihr zu.

»Halte dich in Zukunft dem Wald fern«, sagte Martina. »Er ist böse, war es im Leben und erst recht im Tod.«

»Du warst es, nicht wahr?«, fragte Nina und ihr wurde es sofort klar. »Du hast das Haus niedergebrannt.«

»Du warst dort nicht sicher und hast es nicht verstanden.«

»Ich war dort niemals sicher, nicht wahr?«, fragte Nina.

Martina schüttelte den Kopf. Ein weiterer Verdacht erhärtete sich in ihr.

»Manchmal seh ich Schmerz in Nicks Augen aufleuchten, ich weiß, dass er nicht über seinen Bruder reden will.«

»Er hat es nie verkraftet. Die ganze Familie hat es nicht«, sagte Martina.

»Weil sie nie damit haben abschließen können«, sagte Nina.

»Sie haben kein Grab, an dem sie trauern können.«

»Du kannst uns nicht helfen«, sagte Martina.

»Ich will es aber«, sagte Nina. »Nur so findet ihr eure Ruhe.«

»Vielleicht«, sagte Martina. »Aber für dich wäre es sehr gefährlich.«

»Dieses Risiko, bin ich bereit einzugehen.«

»Nein, ich nicht. Denk an das Leben, nicht an den Tod. Du musst es verstehen«, sagte Martina. »Ohne uns würde er noch viel mehr Schaden anrichten.«

»Wie kann man ihn stoppen?«

Martina schüttelte den Kopf. Sie war nicht bereit, dies Nina

mitzuteilen. Nina seufzte auf. Martina ging zur Tür.
»Bitte, halte dich dem Wald fern.«

Einen Moment später, war sie durch die Wand verschwunden. Nina starrte noch eine Weile auf die Stelle, hindurch sie verschwunden war. Der Blick auf ihre Uhr, sagte ihr, dass es halb fünf war. Da sie nicht mehr damit rechnete, noch schlafen zu können, machte sie sich einen Kaffee.

Mit der Tasse in der Hand setzte sie sich auf die Treppe vor dem Haus und starrte in den Himmel. Es dämmerte bereits und das Vogelgezwitscher entspannte sie zusehends.
Sie genoss den Anblick hinüber zu seiner Firma, wo so früh am Morgen noch keine Betriebsamkeit herrschte.

Kurz darauf spürte sie Arme um sich, und sie lehnte sich an Nick. Er setzte sich hinter sie und nahm sie in den Arm. Beide sahen in den Himmel und betrachteten den Sonnenaufgang.
»Alles okay?«, fragte er.
Sie nickte ihm zu.

Er musterte sie, als könnte er in ihr Herz sehen, er glaubte ihr nicht. Nina ließ sich nicht beirren.

Sie sahen beide dem wunderschönen Orange zu, dass sich langsam über den Himmel ausbreitete. Sie genoss, für einen Augenblick, das hier und jetzt in seinen Armen.

Nina war in letzter Zeit ständig müde. Da sie nicht richtig schlafen konnte, immer von Albträumen geplagt wurde.

Am Nachmittag döste sie auf dem weißen Ledersofa ein, als sie gerade dabei war, eine Zeitschrift zu lesen. Das ganze Haus war still und sie wusste nicht, was sie aufgeweckt hatte. Es war schon dunkel.

Nach ein paar Augenblicken nahm sie den Regen draußen wahr, und noch etwas sehr verwirrendes. Sie schaltete das Licht ein und sah auf sich hinab. Ihr ganzer Körper war tropfnass. Ihre Haare, ihre Kleidung, alles. Sie riss ihre Augen auf, als sie auf ihre Füße sah. Die völlig mit Schlamm benetzt waren.

Sie setzte sich auf und erschrak vollends, als sie die dreckigen Fußabdrücke, auf den Boden sah, als wäre sie gerade von draußen nach drinnen gekommen.

Ihr wurde warm und kalt zugleich. Ihr Herz begann zu rasen. Zittrig stand sie auf und verließ das Wohnzimmer, bekam die Bestätigung durch die offene Haustür und den Fußabdrücken, die von der Haustür bis zu dem Sofa führten.

Sie schloss schnell die Tür und ging nach oben ins Badezimmer. Das heiße Wasser, unter der Dusche, tat ihr gut. Immer noch etwas benommen, wickelte sie sich in ein großes Handtuch ein und sah in den Spiegel.

Geschockt wäre sie fast ausgerutscht, als er plötzlich hinter ihr stand. Er starrte sie im Spiegel an. Angst legte sich um ihr Herz. Etwas verknotete sich in ihrem Inneren. Dass er hier rein konnte, gefiel ihr ganz und gar nicht. Ihr Atem beschleunigte sich, sie rechnete jede Sekunde mit einem Angriff.

Wurde abgelenkt, als sie Nicks Stimme von unten vernahm. Sie sah zur Tür, als sie wieder in den Spiegel schaute, war er weg.

Wie betäubt setzte sie sich auf den Badewannenrand und hörte, wie Nick die Treppe hochkam.

Kurz darauf stand er an der Tür, und sie sah zu ihm hoch.

»Geht es dir nicht gut?«, fragte er und sah sie besorgt an.

Sie senkte den Blick, sprang hinüber zur Toilette, und erbrach sich darin.

»Ach komm, bin ich wirklich so hässlich?«, fragte er schmunzelnd. Er kniete sich neben sie.

»Liebling, alles okay?«, fragte er.

Sie wusch sich den Mund aus und sah zu ihm.

»Ich weiß nicht«, sagte Nina und sah zu ihm. »Ich brüte wahrscheinlich was aus.«

»Vermutlich«, sagte er. »Komm, leg dich hin«, sagte er und schob sie zum Bett. »Ich mache dir nen Tee.«

»Den Dreck mache ich später weg.«

»Was meinst du?«, fragte Nick.

»Den Dreck im Flur.«

Sein Gesicht, drückte endgültige Verwirrtheit aus.

»Ich habe wirklich keine Ahnung, was du meinst.«

Sie sprang auf, rannte zur Treppe und sah hinunter. Alle schlammigen Abdrücke, die sie vor ein paar Minuten gesehen hatte, waren verschwunden. Ihr Mund stand offen.

»Kannst du mir einen Gefallen tun?«, fragte er.

»Mach die dämliche Tür zu, wenn ich nicht da bin.«

Sie hatte sie doch erst, vor ein paar Minuten geschlossen. Hatte er sie erneut geöffnet? Wo waren die Fußabdrücke hin? Wurde sie verrückt? Was war hier los?

»Nina. Was ist los?«, fragte er.

Sie sah ihn an. »Ach, nichts.«

Nick schien sie mit seinem Blick zu durchdringen.
Sie senkte den Blick auf den Boden.
 Es wäre besser, sich ihm anzuvertrauen, aber die Angst lähmte sie. Die Angst, dass er sie für verrückt halten könnte.
Also behielt sie es für sich.

 Ninas Unruhe, legte sich allmählich auf ihn. Er spürte sie im ganzen Haus, wenn er es betrat. Ihm wäre wohler, wenn sie sich ihm anvertrauen würde.
 Ben betrat gut gelaunt sein Büro und setzte sich grinsend, vor den Schreibtisch. Ben war nie anders, darum wunderte es Nick nicht besonders. Heute aber, ging ihm seine ewig positive Laune auf den Keks.
»Lisa hat überall verbreitet, dass ihr nur eine Auszeit nehmt, anscheinend hat sie das sogar ihren Eltern weisgemacht«, sagte Ben.
Nick musste lachen. »Ich hab nichts anderes erwartet, das ist eben Lisa.«
»Macht dir das kein Magenweh?«, fragte Ben.
Nick winkte ab. »Irgendwann wird sie es schon einsehen.«
»Ich denke, du solltest vorsichtig sein.«
»Sie hat lang genug mein Leben bestimmt, das ist jetzt vorbei«,

sagte Nick.

Ben zuckte die Achseln. »Wie läuft es mit Nina?«

Er sah zu Ben. »Irgendetwas scheint ihr Sorgen zu machen«, sagte Nick.

Bens Gesicht wurde ernster. Nick fragte sich, was sein Bester Freund, ihm gleich eröffnen würde.

»Sie weiß von deinem Bruder, sie hat mit Katja darüber geredet.«

»Woher?«, fragte Nick.

»Sie wusste es schon, bevor sie Katja fragte, was genau mit ihm passiert war.«

Schon lange hatte er nicht mehr über Samuel geredet. Der Schmerz darüber, saß einfach zu tief.

»Du kennst doch die Leute hier«, sagte Ben.

Nick wollte nicht einmal daran denken. Er wechselte das Thema.

Lisa Sturm, betrachtete sie von oben herab.

»Oh«, sagte sie.

Nina sah keine Überraschung, in ihren Augen, und sie bereute es sofort, die Tür geöffnet zu haben.

Ein Pflaster klebte auf ihrer Stirn, ansonsten hatte sie wie immer, ein makelloses Gesicht.

»Ich habe etwas wichtiges im Schlafzimmer vergessen und wollte es schnell holen«, sagte Lisa.

Wie unangenehm es ihr war, schien es sie eher zu amüsieren. Obwohl sie ihr sagen sollte, dass sie warten sollte, bis Nick hier war, ließ sie Lisa ins Haus.

Lisa steuerte die Treppe hinauf und Nina folgte ihr. Stellte sich an die Tür und beobachtete sie dabei. Sie zog ein paar Kleider aus dem Schrank.

»Gefällt es dir in Mierlbach?«, fragte Lisa.

Nina starrte sie wortlos an.

»Ich frage mich nur, wie du damit klar kommst, wenn die Menschen über deinen Vater herziehen.«

»Warum sollten sie das tun?«

Nina sollte sich nicht darauf einlassen. Schließlich wusste sie, dass Lisa alles tat, um sie auseinanderzubringen.

»Du weißt es nicht?«, fragte Lisa.

Ihr hämisches Grinsen, zeigte Nina, wie sie diesen Augenblick genoss.

»Die Vorlieben deines Vaters. Wie soll ich sagen, er mochte Frauen, wenn sie noch zur Schule gingen. Mich wundert es, dass Nick, das nicht erzählt hat«, sagte Lisa.

Nina hielt Lisas Blick stand.

»Deswegen saß er doch im Gefängnis, jeder weiß darüber Bescheid«, sagte Lisa.

Jeder, außer sie. War ihr Vater ein Pädophiler gewesen, und niemand hatte es für nötig befunden, es ihr zu sagen? Nicht ihre Mutter. Ebenso Nick.

Nina konnte Lisas Gesicht nicht weiter ertragen und wandte sich ab. Sie hörte Lisas Lachen. Wie hatte er ihr das verschweigen können?

Lisa schien fertig zu sein und trat zu Nina in den Flur.
»Er hat dir aber schon gesagt, dass er dich schon immer kennt. Überall standen Bilder von dir. Ich hatte das Gefühl, er war ein wenig besessen von dir«, sagte Lisa. Lisa genoss Ninas verstörtes Gesicht.
Im nächsten Moment hörten sie Nick durch die Tür kommen.
»Nina!«, rief er. Er tauchte an der Treppe auf und entgeistert blieb er stehen, als er die beiden dort stehen, sah.
»Bemüht euch nicht, ich finde selber hinaus«, sagte Lisa und ging die Treppe hinunter. Sie schenkte Nick ein fürchterliches Grinsen.
Einen Moment später, knallte die Tür ins Schloss. Sekundenlang sahen sie sich an. Im nächsten Augenblick, sprang sie in das Badezimmer, und drehte den Schlüssel um.

Die Situation, hatte sich gehörig zu seinem Nachteil verschlechtert. Er war ratlos.
Nick hatte alles versucht, um sie zu bewegen, mit ihm zu reden. Seit 2 Stunden saß sie sprachlos im Badezimmer. Nur noch eine Lösung, war ihm eingefallen. Hatte lange darüber nachgedacht. Und es doch getan. Wenn er sich nicht täuschte, konnte ihr jetzt nur ein Mensch helfen.

Alina hatte versprochen, gleich loszufahren, und eine halbe Stunde später, klingelte sie.

Ein wenig, war er von den Farben geblendet, die sie am Leibe trug. Nun wusste er, was Nina gemeint hatte. Alina war wirklich ein wenig verrückt.

Sie gaben sich die Hand, und er zeigte ihr, wo sie hinmusste. Er zog seine Jacke über, und ging hinüber zu seiner Firma. Verschanzte sich in Arbeit.

Alles hätte er ihr sagen sollen. Warum hatte er es nicht getan? Er hatte keine Ahnung, wie er das wieder gerade biegen sollte. Er seufzte und holte aus seiner Kommode einen Whiskey.
Es war nicht so, dass er gerne trank, aber er brauchte einen Schluck, um seine Nerven zu beruhigen.

Sein Blick glitt ständig hinüber zu seinem Haus und er fragte sich, ob er sie verloren hatte. Zwischen ihnen standen so viele ungesagte Dinge. Wie oft, hätte er gerne mit ihr, über seinen Bruder geredet. Ihr gesagt, wie toll er gewesen war. Wie sehr er ihn geliebt hatte. Bei ihr hätte er keine Angst, diesen Schmerz zuzulassen, weil sie ihm Sicherheit gab.

Immer noch, saß im Dorf der Schrecken tief, und man sprach nicht darüber. Zwei Kinder und ein Hund, verschwanden einfach so. Das passierte nicht in einem Dorf wie es Mierlbach war.
Natürlich hatte man Andreas verdächtigt. Er war einer der Ersten. Theresia hatte ihm ein Alibi gegeben. Sie hatte ihnen geschworen, dass er an dem Tag, bei ihr Zuhause gewesen war.
Er traute seiner Schwester nicht zu, dass sie in dieser Sache log. Oder doch? Wie oft war er durch die Wälder gestreift, um nach einem Anhaltspunkt zu suchen. Hatte zu verstanden versucht, warum es keine Spur von ihnen gab. Eines war sicher, Samuel

wurde zum Letzten mal gesehen, als er in den Wald lief, dem ausgebüxten Hund hinterher. Wäre er nur da gewesen. Er hätte ihm suchen geholfen. Würde er dann noch leben? Die Hoffnung, dass er noch lebte, hatte er schon aufgegeben. Nur seine Mutter, konnte sich bis heute nicht damit abfinden. Behielt die Hoffnung für sie alle.
Bedrückt sah er wieder hinüber.

»Ich glaub, es tut ihm wirklich leid«, sagte Alina.
Nina schluchzte auf. Es war nicht Ninas Art, dermaßen die Fassung zu verlieren. Darum war Alina ein wenig schockiert.
»Dein Vater war ein Schwein, Nick wollte dich nur vor der Wahrheit beschützen.«
»Es macht alles Sinn«, sagte Nina und wischte ihre Tränen mit ihrem Handrücken ab.
»Er war im Gefängnis und meine Mutter hat ihn verlassen.«
Alina nickte, rollte etwas Papier von der Rolle ab und gab es Nina.
»Deswegen hast du ihn nie mehr gsehen«, stellte Alina fest.
Nina schnäuzte sich geräuschvoll die Nase.
»Dass Nick dich schon kannte, ist doch nicht so abwegig. Du

warst sicher als Baby, das ein oder andere mal hier, ich bin sicher, dass Lisa einfach ein wenig übertrieben hat.«
Nina nickte und Alina strich sanft über ihre Schulter.
»Red mit ihm, ich bin sicher, ihr kriegt das wieder hin«, sagte Alina.
»Ja, du hast recht.«
»Hab ich doch immer, aber mal ehrlich, gib doch endlich zu, dass dich in ihn verliebt hast.«
»Ja, ich denk, das kann ich nicht mehr leugnen«, sagte Nina.
»Gut. Sag es ihm.«
»Da komm ich nicht drum herum.«
»Nein«, sagte Alina und grinste.
Nina trocknete sich die Augen.
»Tu Lisa nicht diesen Gefallen«, sagte Alina. Das würde nicht passieren, schwor sich Nina.

Nick war irgendwann ins Haus gekommen, hatte sich auf das Bett gesetzt und weiter seinen Gedanken nachgehangen.
Irgendwann hörte er die Tür und er sah auf zu Nina, die ins Zimmer trat.
Sie lehnte sich an die Wand und sah ihn abwartend an.
Stundenlang hatte er überlegt, was er ihr sagen sollte, aber nichts

war ihm eingefallen.

»Du kanntest mich also schon, als ich hier her kam?«, fragte sie.

»Was hätt ich dir sagen sollen. Dass ich dich schon geliebt habe, als du noch ein Kind warst? Wie hört sich das für dich an? Was hättest darüber gedacht?«

»Ich hab mein ganzes Leben immer versucht, das Richtige zu tun. Es tut mir leid, wenn ich es manchmal nicht schaffe«, sagte Nick.

Sie setzte sich neben ihn, und griff nach seiner Hand.

Er hob den Kopf und sah sie flehend an.

»Es war mir nie etwas so wichtig wie du, wenn ich bei dir versage ...«, sagte Nick.

Sie unterbrach ihn, indem sie ihre Hände um sein Gesicht legte.

»Ich versteh es, aber das mit meinen Vater, hättest mir sagen müssen«, sagte Nina.

»Er hat schon genug Schaden angerichtet, ich wollt nicht, dass du dich mit den Gedanken quälen musst.«

»Manchmal, muss man das«, sagte Nina.

Er nahm ihre Hände und küsste sie. »Es tut mir leid.«

Sie schüttelte den Kopf. Atmete tief durch.

»Anfangs hab ich mich entschlossen hier zu bleiben, weil ich etwas gesucht habe, ich hoffte, es hier zu finden«, sagte sie. »Ich habe dich gefunden.«

Nicht nur diese toten Kinder hatten sie hier gehalten, sondern auch er. Er musterte sie verwirrt, hoffte auf mehr, aber Nina schwieg. Der perfekte Zeitpunkt es ihm zu sagen, aber wieder verstrich er. Auch wenn sie die Enttäuschung, in seinen Augen sah, konnte sie sich nicht überwinden und schwieg. Nina fragte sich, ob sie je den Mut dazu aufbrachte, schloss die Augen und ließ sich von ihm weiter umarmen.

Nina genoss den Spaziergang mit Alina ins Dorf. Sie ließen sich in der Bäckerei nieder und bestellten sich einen Kaffee.
»Ich hab mir überlegt hier her zuziehen«, sagte Nina.
»Habe ich mir gedacht«, sagte Alina.
»Schönes Dörfchen, ganz anders wie in der Stadt.«
Nina spürte den Blick der Verkäuferin. Bildete sie sich es ein, oder sah man sie skeptisch und voreingenommen an?
War ihr das vorher nie aufgefallen? Oder bildete sie sich das jetzt ein, wo sie wusste, was ihr Vater gemacht hatte.
Viele hier wussten, wer Nina war.
Sie sah sich ganz in Gedanken versunken um, und entdeckte Tobias an der Theke. Sie winkte ihm lächelnd zu. Er beendete seinen Einkauf und kam lächelnd zu ihrem Tisch.
»Hallo, Nina«, sagte er.
»Das ist meine Freundin Alina, Alina das ist Tobias.«
Tobias gab ihr die Hand und lächelte ihr freundlich zu.
»Na, wie geht´s?«, fragte Nina und Tobias grinste.
»Ich kann nicht klagen, mein Chef ist heut sehr gut gelaunt«, sagte Tobias.

Nina nickte ihm lächelnd zu.

»Ich sollte los«, sagte er. »Hat mich sehr gefreut«, sagte er zu Alina und ging hinaus.

»Oh, mein Gott, wer ist das?«, sagte Alina und sah ihm hinterher.

»Tobias«, sagte Nina.

»Ach, wirklich«, sagte Alina die Augen verdrehend.

»Tobias ist einer der Arbeiter von Nick. Ich glaub, er war sogar der Erste, den er eingestellt hat, soll ich dir seine Nummer geben«, sagte Nina.

»Kommt drauf an, ist er single?«

»Zumindest ist er nicht verheiratet«, sagte Nina.

»Brech ihm nicht das Herz, Tobias ist echt nett.«

»Ich denke, ich sollte dich in nächster Zeit öfters besuchen«, sagte Alina.

»Da hätt ich nichts dagegen.«

Sie verließen die Bäckerei und spazierten gemächlich zurück.

»Es ist wirklich schön hier, hier kann man zur Ruhe kommen«, sagte Alina.

»Willst dich hier niederlassen?«, fragte Nina.

Alina zuckte mit den Achseln.

»Die Miete wäre hier sicher billiger, auch für so ein Geschäftsgebäude. Du erinnerst dich an unseren Traum?«, fragte Alina.

»Ich denke sehr oft dran«, sagte Nina.

»Wenn du willst, können wir uns hier, nach einem geeigneten Gebäude umsehen.«

Alina fand keinen Grund, was dagegen sprach, somit stimmte sie zu.

Elftes Kapitel

Maria fühlte sich in dem Hohen, antik Eingerichteten Raum, sichtlich unwohl.
　Es war dreißig Jahre her, als sie dort zum ersten mal, ihren Vater traf. Ihr kam es vor, als wäre es erst gestern gewesen.
Mit ihren 15 Jahren hatte es ihr viel Mut erfordert, ihm gegenüber zu treten. Mit keinen Erwartungen war sie damals hier her gekommen. Im Grunde hatte sie damit gerechnet, dass man sie nicht hineinließ. Umso überraschender war es, dass sie sofort, zu ihrem Vater geführt worden war. Immer schon wollte sie wissen, wer ihr Vater war. Als ihre Mutter krank wurde, fand sie durch Zufall, ihre Geburtsurkunde. Der Name, den ihre Mutter wie einen Augapfel gehütet hatte, war kein Geheimnis mehr.
　»Was hältst eigentlich von unserem neuen Liebespaar?«, fragte sie.
Ein Lächeln, umspielte sein immer ernstes Gesicht.
»Ich hatte es von Anfang an gehofft«, sagte Viktor.
»Ich habe nie damit gerechnet.«

»Die beiden machen sich glücklich, du solltest froh darüber sein«, sagte Viktor.

»Mittlerweile bin ich das auch.« Sie schob ihr Haar zurück.

»Nina konnte schon immer schwer vertrauen, was auch mit dem Verlust ihres Vaters zusammenhängt.«

Viktor nickte, betrachtete seine Tochter, die durch eine kurze Liaison, mit einer Köchin entstanden war. Er mochte sie nicht mehr missen. Maria wirkte manchmal recht hart und unnahbar. Viktor wusste, wie liebenswert sie sein konnte, so wie jetzt, wenn sie sich um Nina sorgte.

»Wenn sie erfährt, wer er wirklich ist. Was er ihr verheimlicht hat, das könnte ihre Liebe zerstören«, sagte Maria.

»Im schlimmsten Fall. Ich denke, dass ihre Liebe stark genug ist, das zu überstehen.«

»Ich hoffe, du hast recht«, sagte Maria.

Viktor nickte, und lächelte optimistisch. Das hoffte er wirklich. Er liebte Nick, wie er alle seine Kinder liebte. Wie er Samuel geliebt hatte. Mochte er manchmal zu streng mit ihm gewesen sein, aber er hatte das Gefühl, dass es das Beste für ihn gewesen war.

Sein Versagen bei Samuel, bescherte ihn auch heute noch Schuldgefühle. Wenn er seine Trauer, auch nie gezeigt hatte.

»Nun gut, erzähle mir von meinen Enkelkindern.«

Maria lächelte und begann damit.

Nina ging Schritt für Schritt, auf die Lichter zu. Sie lockten sie. Was mochte es sein? Der Weg vor ihr, war dunkel. Sogar der Mond, hatte sich hinter Wolken versteckt und begleitete sie nicht zu ihrem Ziel. Nina blieb einen Moment stehen und konnte sich an den Weg erinnern. Sie war ihn schon einmal gegangen, wenn auch nicht so weit. Warum konnte sie sich nicht an mehr erinnern? Es war, als hätte sie es geträumt und doch fühlte es sich real an. Hatte sie schon von diesem Ort geträumt? Sie konnte sich nicht mehr erinnern. Trotzdem war sich Nina sicher, schon einmal hier gewesen zu sein. Die Lichter flackerten, sie wurde magisch von ihnen angezogen. Fasziniert trat sie durch die Bäume, und sah vier Gräber vor sich. Langsam ging sie darauf zu, sie hörte Kinderlachen. War Samuel in der Nähe? Oder das kleine Mädchen? Angestrengt lauschte sie in die Dunkelheit.
Eine undurchdringliche Stille war vorhanden. Nina trat näher an die Gräber heran. Konzentriert sah sie auf die Inschriften, aber diese waren so verwittert, dass sie nicht lesen konnte, was darauf stand. Sie sah sich um, aber sie war vollkommen alleine.
Ihre rechte Hand, legte sich auf einen der grauen, verwitterten Grabsteine. Sie strich gedankenverloren darüber. Wo war Samuel? Warum sollte sie hier sein? Es war verdammt kalt. Mit jeder Sekunde wurde es eisiger. Nina legte die Arme um sich und beugte sich nach vorne, um noch mal die Inschrift zu betrachten.
Hände legten sich um ihren Hals und drückten ihn zusammen. Ein Atem streifte ihre Wange. Panisch versuchte sie sich aus dem Griff, zu lösen. Sie legte ihre Hände auf die seinen und bot ihre ganze Kraft auf. Es war aussichtslos, sie konnte nichts entgegensetzen. Die Hände drückten fester an ihre Kehle.
Das Atmen versagte ihr und nur noch ein Röcheln kam aus ihrer

Kehle. Sie driftete ab, egal wie sehr sie dagegen ankämpfte.

Er lachte lauthals auf, während Nina darum kämpfte, dem Tod zu entkommen. Spürte seinen fauligen Atem. Nina gab nicht auf und versuchte erneut seine Hände zu lösen. Sie merkte, wie ihr die Kraft entwich. Immer mehr. Würde sie jetzt sterben? Konnte man in einem Traum sterben? Oder war es gar kein Traum? War es die nackte Realität? Würde sie nie 22 Jahre werden? Nie heiraten? Oder Kinder haben? Es war Nicks Gesicht, das sie zuletzt vor sich sah. Ihre Hände erschlafften und sanken herunter.

»Du gehörst mir«, hauchte er. Er legte seine Hände an ihren Kopf. Es knackte, als er ihren Kopf mit einem Ruck bewegte und ihr Genick brach.

Schreiend fuhr Nina vom Kissen hoch. Würgend fasste sie an ihren Hals, keuchte um Atem und befühlte ihren Nacken. Nach einigen Sekunden wurde ihr klar, dass es nur ein Traum gewesen war. Ein schrecklicher und realistisch wirkender Traum.

Schließlich glitt ihr Blick hinüber zu Nick, der kerzengerade im Bett saß und sie entgeistert anstarrte.

Er legte einen Arm um ihre Schulter. »Alles okay?«, fragte Nick. Nur ein Traum. Mit dieser Erkenntnis fiel sie zurück in das weiche, warme, sichere Bett.

»Ach, du Scheiße!« Nick beugte sich über sie.

»Was ist denn?«, fragte Nina.

Er betrachtete angestrengt ihren Hals. »Wo hast du das her?«

Das konnte nicht sein. Sie sprang auf und rannte ins Badezimmer. Schockiert sah sie sich im Spiegel an.

In blutunterlaufene Augen. Roten Striemen zierten ihren Hals.

Das war doch nur ein Traum.

Benommen sah sie hinüber zu Nick, der gerade an die Tür kam.
»Sag mir, was los ist?«
»Er war es!«, sagte sie. »Ich dacht, es wäre ein Albtraum gewesen.«
»Moment«, sagte Nick.
An seinem Gesicht konnte sie ablesen, dass er nichts kapierte.
»Wer ist er?«, fragte er.
»Er!«, sagte sie, als wäre das vollkommen klar.
Sie sollte ihn darüber aufklären. Sein Gesicht, hinderte sie daran. Er würde ihr nicht glauben. Ob er es je tun würde, war fraglich.
»Ach, egal, vermutlich ist das im Schlaf passiert.«
Beide gingen zum Bett und legten sich hin. Nick sah sie verwirrt und skeptisch an, aber er sagte nichts mehr. Nina würde in dieser Nacht nicht mehr schlafen, davon war sie überzeugt.

Erst gegen Mittag kam Nick an diesem Tag zur Ruhe. Zeit, um über die vergangene Nacht nachzudenken.

Heute Morgen waren die anfänglichen roten Striemen in blaugrüne übergegangen. Er war entsetzt. Sie hatte es definitiv nicht gehabt, bevor sie beide eingeschlafen waren. Aber hatte sie es sich selbst beigebracht? War das im Schlaf möglich? Wen meinte sie mit »Er«?

Schon seit Tagen hatte er das Gefühl, dass es ihr nicht gut ging. Sie wirkte erschöpft und abgeschlagen, die Gedanken ständig woanders. Ihr unruhiger Schlaf, ihre Nervosität. Irgendetwas beschäftigte sie. Sie wollte es ihm nicht sagen. Ihre glänzenden Augen, verblassten derweil immer mehr.

Sein Telefon klingelte.

»Ist alles okay mit Nina?«, fragte Maria.

»Wieso fragst du?«

»Sie war seltsam, als ich vorhin mit ihr telefoniert hab«, sagte Maria.

»Ich weiß nicht.«

Sie seufzte. »Was soll das heißen?«

»Dass ich keine Ahnung habe«, sagte Nick.

Nick zögerte. Sollte er ihr von gestern Nacht erzählen? Er ließ es bleiben. Er wollte sie nicht beunruhigen. Zum anderen, weil sie wie eine Verrückte hier einfallen würde.

»Du passt doch auf sie auf?«, fragte Maria.

»Natürlich, ich versuche mit ihr, zu reden.«

Das schien sie zu beruhigen.

Er musste schaffen, dass sie ihm vertraute. Erst dann würde sie sich ihm anvertrauen.

Ihr Kopf schmerzte. Es kam nur noch leises Krächzen, aus ihrer Kehle. Die blauen Flecken prangten, wie eine ständige Erinnerung auf ihrem Hals. Hatte sie das nicht nur geträumt?

An diesem Morgen ging sie mit der schmutzigen Wäsche im Arm, in die Waschküche hinunter. Innerhalb von Wochen war sie zu einer Hausfrau geworden. Sie wusch Wäsche, kochte jeden Abend und wartete wie eine brave Ehefrau, bis Nick nach Hause kam.

Für den Moment war es in Ordnung. Einfach in den Tag hineinleben. Keine Planung. Zumindest bis sie wusste, was sie in Zukunft machen wollte. Das Café eröffnen? In ihren alten Beruf, als Konditorin zurück? War sie wirklich schon so weit, um sich selbstständig zu machen? Sie wusste es noch nicht.

In Gedanken versunken stellte sie die Maschine an. Ein Schatten. Entgeistert fuhr sie herum. Ohne jegliche Vorwarnung. Er war hier. Hier, wo sie sich in Sicherheit ahnte.

Seine kalten Augen durchdrangen sie. Nina wich zurück, und stieß mit dem Rücken gegen die Waschmaschine. Er kam mit großen Schritten auf sie. Schützend schlug sie ihre Arme, vor das Gesicht und wartete, dass irgendetwas passierte. Das er zum Schlag ausholte. Die Sekunden vergingen und nichts geschah. Vorsichtig löste sie ihre Hände und sah nichts, außer dem leeren Raum vor sich. Hörbar atmete sie tief durch, aber ihre zitternden Hände bekam sie nicht in den Griff. Warum konnte er sie nicht in Ruhe lassen? Warum drang er hier wieder ein?
Den einzigen Ort, wo sie sich sicher und geborgen gefühlt hatte. Sie merkte, wie sie es nicht mehr tat.

Nach einigen Minuten hatte sie sich wieder einigermaßen beruhigt. Ging auf die Tür zu und sah vorsichtig hinaus. Nichts

zu sehen, außer einem leeren Gang. Immer noch lauernd, ging sie zur Treppe und hinauf. Er schien verschwunden.
Erleichtert erreichte sie das Erdgeschoss.
    Er stand an der Haustür. Erschrocken, starrte sie ihn an. Ihre Füße schoben sich rückwärts, während sie nach etwas greifen wollte, an dem sie sich festhalten konnte. Ihre weichen Knie, gaben bedenklich unter ihr nach.
    Seine grausame Fratze kam näher. Seine Stiefel klapperten über das Parkett, als er auf sie zutrat. Seine Hand schnellte nach vorne und sie wich zurück. Augenblicklich setzte er ihr nach und packte ihren Arm. Nina schrie auf, als er ihren Arm nach hinten bog.
    »Du bist mein!«, rief er. Sein Angesicht verzog sich zu einem grausigen Grinsen. »Du wirst mir nicht entkommen und du willst es auch nicht. Darum bist du noch hier.«
Seine Hand wanderte an ihre Gurgel. Sie spürte erneut den Druck, den er ausübte und begann zu röcheln. Dieses mal würde sie sterben. In ihr war keine Kraft mehr, die entgegenwirken könnte. Nina war in seinen kalten, leeren Augen gefangen. Sein Griff wurde kräftiger. Er zog sie zu sich heran, sodass ihr Kopf, hinter seinem war. Seine Zunge fuhr über ihren Hals und Nacken. Sollte er sie doch endlich nehmen. Es hinter sich bringen. Nina würde ihm nicht entkommen. Ihre Hände lockerten sich um die seinen. Sie würde sich nicht mehr wehren.
Ihr war, als würden ihr die Augen gleich herausspringen, als der Druck plötzlich fort war.
    »Unsere Zeit wird kommen.«, sagte er. Schwungvoll stieß er sie.
    Im nächsten Augenblick fiel sie die Treppe hinunter. Sie versuchte sich, abzufangen, aber sie hatte keine Chance.

Sie hörte sein eisiges Lachen ganz deutlich, noch bevor sie unten auf der letzten Stufe liegen blieb und benommen die Augen schloss.

Sie hatte Prellungen an Kopf und Arm. Ansonsten hatte sie den Sturz unbeschadet überstanden.

Nick hatte sie gefunden. Sein Gesicht hatte danach an Besorgnis zugenommen. Er blieb skeptisch, als sie ihm berichtete, dass sie gestolpert und die Treppe hinuntergefallen war.

Ihm Haus fühlte sie sich mittlerweile unwohl und zerbrechlich. Verletzlich. Die Nächte verbrachte sie schlaflos, auf das lauernd, was ihr Schaden wollte.

Noch etwas wurde ihr bewusst. Ihr kam die Erkenntnis, dass sie sich unwohl fühlte, in dem Bett, das er mit Lisa jahrelang geteilt hatte. Hier hatten sie zusammen geschlafen, auch miteinander geschlafen. Nick und Lisa als Paar, war hier überall allgegenwärtig.

Nick kam durch die Tür, mit einem Tablett voller leckerer Sachen. Sie fragte sich, wie lange er sie noch wie eine Schwerstkranke behandeln würde.

»Es geht mir gut, ich kann aufstehen«, sagte sie.

Er stellte das Tablett auf dem Bett ab.
»Wo ich es schon da habe. Alles okay?«, fragte Nick.
Nina nahm die Tasse Kaffee und nippte daran.
»Du hast nie etwas über deine Ehe erzählt?«
»Weil es keine gute Ehe war«, gab er zu. »Interessiert dich das wirklich?«
»Natürlich.«
Er zuckte mit den Achseln.
»Wir haben uns verliebt, sind bald zusammengezogen, haben geheiratet. Ich war so davon überzeugt, das Richtige zu tun, dass ich gar nicht begriff, dass sie nicht die Richtige war«, sagte er.
Er betrachtete sie eingehend. »Warum willst das wissen?«
»Ich fühle mich hier nicht wohl«, sagte sie.
»Und warum?«, fragte er.
»Weil du mit ihr hier gelebt hast. Alles hier schreit nach ihr«, sagte sie.
»Die Möbel hat sie ausgesucht, ich mag sie eigentlich nicht besonders.«
Sie nickte ihm zu.
»Ich sollt renovieren, ich will, dass du mir dabei hilfst«, sagte Nick.
»Dann lass uns mit dem Schlafzimmer anfangen.«
Er grinste. »Da habe ich nichts einzuwenden.«
Nina lehnte sich zurück und begann zu essen.
»Nina?«, fragte Nick.
Er knetete seine Hände, schien nervös zu sein.
»Du weißt doch, dass du mit mir reden kannst.«
Verwirrt sah sie ihn an, hatte er doch etwas gemerkt? Hatte sich ihre Unruhe bemerkbar gemacht?

»Ich weiß.«

Sie senkte den Blick, versuchte seinen Blick, zu ignorieren, der in ihr Innerstes dringen wollte.

»Ich kann nicht.«

Er nickte. »Mein Angebot steht.« Er küsste sie auf die Stirn und ging hinunter.

Nina stand an der Tür zur Küche, und beobachtete Nick und Maria beim Kochen. Sie hatten sie noch nicht bemerkt, daher konnte sie, diese Nähe miterleben. Dafür das sie sich erst ein paar Tage kannten, waren sie zu vertraut. Nina konnte es sich nicht erklären. Nicht für ein paar gelegentliche Treffen, in Nicks Kindheit. Das erklärte nicht, was sie sah. Warum neckten sie sich, als wären sie alte Freunde? Sie runzelte die Augenbrauen.

»Man möchte meinen, du bist mittlerweile erwachsen geworden«, sagte Maria lachend, drehte sich um und erstarrte, als sie Nina erblickte.

»Ich werde sicher nie erwachsen, Ria.«

»Nick«, sagte Maria warnend.

Nick sah zu ihr und fuhr erschrocken zu Nina herum.

»Oh«, sagte er.

»Habt ihr mir Irgendetwas zu sagen?«, fragte Nina.

»Wir haben nur herumgealbert«, sagte Maria.
Nina sah zu Nick.
»Richtig«, stimmte er Maria zu. Er sah dabei verlegen aus.
Es gab keinen Zweifel, dass sich Nick und ihre Mutter näher standen, als sie zugeben wollten. Welchen Grund gab es dafür?
»Na gut«, sagte sie. Entschlossen nahm sie ihre Autoschlüssel und wandte sich ihnen zu.
»Ihr solltet lernen, besser zu lügen«, sagte sie.
Nina ging zur Haustür. Nick eilte ihr hinterher.
»Wo willst du hin?«
»Weg. Einfach nur weg.«
»Du musst dich schonen«, sagte Nick.
»Mir geht es gut, die Einzigen, die mich wie eine Todkranke behandeln, bist du und meine Mutter.«
Sie eilte weiter. Am Wagen angekommen, drehte sie sich zu ihm um. »Was verheimlicht ihr mir?«, fragte sie.
»Nichts!«
Sie schüttelte den Kopf bevor sie ins Auto sprang und davon fuhr. Es war nicht die beste Idee, aber sie konnte nicht länger hierbleiben. Es gab nur einen Ort, wo sie nun sein wollte. Ihr ging es gleich besser, als die ersten Bäume vor ihr auftauchten. Dieser Ort, schien sie immer mehr zu faszinieren. Eine Weile, dachte sie schon darüber nach, ob sie das Haus wieder aufbauen lassen sollte.

Sie ging durch den Wald. Zum ersten mal nach dem verheerenden Brand, war sie wieder hier. Nina schockierte, wie zerstört es war. Es war nichts mehr da.

Ihre Hand strich über die brüchige Treppe, die zum Teil überlebt hatte. Vorsichtig setzte sie sich darauf und sah sich um.

»Nina!« Martina kam hinter einem Baum hervor.

»Hallo.« Nina lächelte.

»Alles in Ordnung? Du solltest nicht hier sein.«

»Ich weiß.« Nina seufzte.

Martina sah sich um, aber sie sah nicht besorgt aus.

»Du hast so traurig ausgesehen. Ich wollte sicher gehen, dass alles in Ordnung ist«, sagte Martina.

»Ja. Nur zwischenmenschliche Probleme.«

»Ist es wegen Dominik? Als Kind habe ich ihn schon gemocht.« Martina kicherte.

»Unsere Familien sind schon lange befreundet?«

»Schon immer, Paul und Andreas waren als Kinder unzertrennlich, Robert, war wie ich eher schüchtern.«

»So kam er mir von Anfang an vor«, sagte Nina.

Martina nickte. Die beiden sahen einen Moment in den Himmel hinauf.

»Du wolltest mich vor ihm warnen?«, fragte Nina.

»Halte dich an Dominik, er wird auf dich aufpassen.«

»Er verschweigt mir was, oder?«, fragte Nina, und sah Martina eingehend an.

»Er will dich beschützen, du kannst ihm vertrauen.«

Nina war sich dieser Sache nicht so sicher. Martina stand auf.

»Ich muss gehen, passe auf dich auf.« Im nächsten Augenblick war sie verschwunden.

Kaum war sie fort, kam Nick durch die Bäume. Erleichterung durchflutete sein Gesicht, als er sie erblickte.

»Alles in Ordnung?«, fragte er.

»Sag du es mir«, sagte sie und ging an ihm vorbei in den Wald hinein.

Ihre Mutter bemerkte die Veränderungen beim Abendessen.
Die beiden würdigten sich keines Blickes. Maria warf Nick einen Blick zu, aber er schüttelte nur den Kopf. Wenn das nur kein schlechtes Ende nahm.

Nina stand auf und räumte wortlos ihren Teller in die Küche. Maria folgte ihr. Nina räumte die Spülmaschine ein und ignorierte sie.

»Schatz, was ist los?«, fragte Maria.
Nina knallte die Klappe zu und starrte ihre Mutter an.
»Warum redest mit Nick, als wärt ihr alte Freunde?«
Marias Gesicht zuckte zurück. »Wir kennen uns von früher, das hat Nick dir doch erzählt.«
»Er meinte, er habe dich ein paar mal gsehen, als er ein Kind war. Das erklärt nicht euer Verhältnis. Halte mich nicht für dumm, Mutter.«
»Das tue ich doch nicht.«
»Doch, genau das tut ihr«, sagte Nina und starrte ihre Mutter an.
»Kannst du mir nur einmal vertrauen und es dabei belassen. Ich kann es dir nicht sagen.«
»So wie vieles anderes, das du mir verschwiegen hast. Du solltest nach Hause fahren, du wirst hier nicht länger gebraucht.« Nina rauschte aus der Küche.

Nick ging zu Maria in die Küche und legte eine Hand auf ihre Schulter.

»Wir müssen es ihr sagen!«, sagte Nick. »Ich will sie nicht verlieren.«

»Willst du ihr alles sagen? Willst du ihr erklären, dass es in diesem Fall okay ist, wenn der Onkel seine Nichte fickt«, sagte

Maria.
Sie erschrak fast vor sich selbst. »Es tut mir leid.«
»Du hast ja recht.« Nick legte den Arm um sie.
»Hoffentlich hat das bald ein Ende.«
»Das hoff ich auch«, sagte Nick. Er hatte es vermasselt.

Nach einer Nacht voller wirrer Träume hatte sie sich am Morgen entschlossen, es ihm zu sagen.
Sein überraschtes Gesicht sprach Bände, als sie mittags hinüber zu seinem Büro ging.
»Hi.« Sie trat ein paar Schritte auf ihn zu.
Den Blick auf den Boden geheftet.
»Nina?«, fragte er vorsichtig.
Nun sah sie auf. Ein Lächeln umspielte seine Lippen, als er auf sie zutrat. Sie einfach in den Arm schloss. Erleichtert lehnte sie sich an seine Brust. »Tut mir leid«, sagte sie.
»Dir muss nichts leidtun«, sagte er.
»Ich muss mit dir reden«, sagte sie.
Sie wich von ihm zurück, er setzte sich auf seinen Schreibtisch und sah sie abwartend an. Das machte es ihr nicht gerade leichter.
Noch immer beschlich sie das Gefühl, dass Nick ihr etwas

verheimlichte.

Tobias platzte herein und merkte nicht im Mindesten, dass er den schlechtesten Zeitpunkt erwischt hatte.

Hier war einfach zu viel los, der falscheste Ort dafür.

»Lass uns später reden«, sagte sie.

»Nein, Nina.«

Sie winkte ab und ging hinaus.

Nina hatte die Flucht ergriffen. Tobias war ihr wie ein Rettungsanker erschienen und sie hatte sofort angebissen.

Nick verbiss sich, Tobias auf sein Timing hinzuweisen.

Er hatte es nicht wissen können. Tobias sah ihn entschuldigend an. Da ihn das keine Ruhe mehr ließ, ging er hinüber.

Er wollte nicht länger grübeln müssen, welche Sorgen sie hatte.

Nina war nicht da. Einer Eingebung folgend, setzte er sich in sein Auto und fuhr ins Dorf hinein. Er hatte ein bestimmtes Ziel, er wusste nur einen Ort, wo sie sein konnte.

Wenn man sich darüber Gedanken machte, fand man es äußerst merkwürdig, wenn zwei Frauen in kürzester Zeit im Wald bewusstlos aufgefunden wurden. Wenn er Nina mit dazu rechnete, waren es drei.

Dazu die Sache mit dem Wolf. Er hatte noch nie gehört, dass sie Menschen angriffen. Sie waren eher dafür bekannt, dass sie Menschen aus dem Weg gingen. Nina hatte dem Wolf sicher keinen Grund geliefert.

Er hatte kein gutes Gefühl dabei, wenn Nina sich im Wald aufhielt. Warum sah sie das nicht ein? Schon in seiner Kindheit gab es Mythen darüber. Dort sollten mysteriöse Dinge passieren. Die Menschen, die er kannte, hielten es für Quatsch. Täuschten sie sich?

Was, wenn Theresia und Lisa angegriffen worden waren? Wenn das Haus, etwas anderes in Brand gesetzt hatte? Wenn der Wolf auf Nina gehetzt worden war? Von wem? Schockiert kam ihm ein ganz anderer Gedanke. Hatte sie damals gar nicht im Schlaf gewandelt? Hatte sie etwas beeinflusst, um in den Wald hineinzugehen? War sie in Gefahr? Wollte ihr jemand etwas Böses? Oder war sie im Moment einfach nur tollpatschig? Warum war sie die Treppe hinuntergestürzt? Warum war sie damals triefend-nass, als er sie am Waldrand fand?

Seine Ahnung hatte nicht gelogen, als er direkt neben Ninas Auto parkte. Er eilte durch die Bäume und sah sich um.

Wie oft war er mit Ben durch den Wald gestreunt? Alleine um das Haus hatten sie einen Bogen gemacht, wegen Ninas Großmutter. Mit dieser Frau war nicht zu spaßen. Er hatte immer das Gefühl gehabt, dass sie Kinder gehasst hatte. Oft genug hatte sie Beleidigungen ausgerufen, wenn sie zu nahe an das Haus herangekommen waren. Paul meinte einmal, sie hätte einen Dachschaden. Ninas Großvater hatte die Familie verlassen, als er sich in eine deutlich jüngere Frau verliebt hatte.
Seitdem hatte er sich nicht mehr oft, um seine Kinder gekümmert. Seine Frau war vollkommen verbittert darüber gewesen.

Plötzlich hörte er Stimmen und blieb stehen. Er sah durch die Bäume, und sah Nina auf der Treppe sitzen.

Sie hatte irgendetwas in der Hand und redete mit jemanden. Wohin er auch sah, er konnte niemanden erkennen.

»Tut mir leid, hast sicher keinen Appetit mehr auf Nahrung«, sagte Nina. Mit wem zum Teufel redete sie?

Still blieb er stehen, um kein Wort zu verpassen, vielleicht erfuhr er auf diesem Weg, was Nina zu schaffen, machte.

Nina schob sich Schokolade, in den Mund und hob die Packung, um Martina etwas von der Packung anzubieten.
»Tut mir leid, hast sicher keinen Appetit mehr auf Nahrung.«
»Leider nicht. Ich hab Schokolade gern gemocht«, sagte Martina.
»Ich könnt es im Moment verschlingen.«
»Hast du eine Vermutung, warum sich Nick und meine Mutter so nahe stehen?«, fragte Nina.
»Maria?«, fragte Martina.
»Genau«, sagte Nina. »Meine Mutter.«
Martina schenkte ihr einen seltsamen Blick, den sie nicht zu deuten wusste.
»Maria, wurde in Mierlbach geboren. Ihre Mutter war allein und nicht verheiratet. Es gab viele Gerüchte darüber, wer ihr Vater war«, sagte Martina.
Nina schüttelte den Kopf, weil ihre Mutter nie etwas erwähnt hatte.
»Sie hat mir so viel verheimlicht.« Sie brach sich etwas Schokolade ab.
Nina betrachtete Martina. Es bestand eine große Ähnlichkeit

zwischen ihnen.

Martina hatte dieselben grünen Augen. Ihre Haarfarbe war identisch.

»Du denkst, sie kennen sich von hier?«, fragte Nina.

»Die Vermutung liegt nah«, sagte Martina.

»Ich kenn Maria, sie war oft hier, als ich noch lebte.«

»Wenn sie beide von hier waren, warum gingen sie dann weg?«, fragte Nina. »Du weißt es doch, oder?« Nina sah sie bittend an. Martina schwieg.

»Weiß Dominik von dir?«

»Nein«, sagte Martina.

»Wie alle hier?«

»Kein Lebender, außer du, weiß von uns«, sagte Martina.

Die beiden Frauen, hingen einen Moment ihren Gedanken nach.

»Du solltest eigentlich nicht her kommen.«

»Ich weiß, aber er kann jederzeit in Nicks Haus kommen. Wo bin ich dann noch sicher?«

»Was?« Martina schien schockiert.

»Ich habe Samuel und Benjamin schon lange nicht mehr gsehen«, sagte Nina.

»Es geht ihnen gut«, sagte Martina.

»Sie mussten für eine Weile weg, Samuel, seine Familie ....«

Martina stockte und machte ein überraschtes Gesicht und sah zwischen die Bäume. »Nick ist hier«, sagte Martina.

»Oh«, sagte Nina.

Nick trat gerade zwischen den Bäumen hervor. An seinem kreidebleichen Gesicht konnte sie erkennen, dass er einen Teil ihres Gesprächs mit angehört haben musste. Er sah durch Martina hindurch zu ihr.

»Was hast du gehört?«, fragte sie.

»Alles.« Er fiel gegen den nächsten Baum.

»Mit wem hast geredet?«, fragte er.

»Mit Martina Steinberg.«

Er sah sich um.

»Sie steht direkt neben dir«, sagte Nina.

Nick sprang einen Schritt zurück. »Martina Steinberg?«

»Sie ist tot«, sagte Nina.

»Sam und Benni …?«, fragte Nick.

Er tat ihr schrecklich, leid ihn so zu sehen.

»Ebenfalls.« Sie ging auf ihn zu. »Tut mir leid.«

Plötzlich drehte er sich von ihr weg und sie blieb stehen. »Nein, das ist …«

»Ich habe mit ihm geredet, ich habe Benni gestreichelt. Ich sah ihre Wunden«, sagte Nina.

»Nein«, sagte Nick erneut. »Das kann nicht sein.«

»Er nannte dich Domi, nicht wahr?«

Er hob ihr den Kopf entgegen, seine Augen schwammen in Tränen.

»Er kam hierher, weil er dich wahrgenommen hat. Er war im Haus, während du geschlafen hast«, sagte Nina.

»Nein«, sagte Nick.

Martina trat zu ihnen. »Sag ihm, dass er ihm keine Schuld gibt«, sagte Martina. Machte er sich deswegen Vorwürfe?

»Er gibt dir keine Schuld.«

Langsam sank er zu Boden. »Was ist mit ihm passiert?«, fragte Nick.

»Er war nur zur falschen Zeit, am falschen Ort«, sagte Martina. Nina sah sie bittend an. Martina schwieg und trat ein paar

Schritte zurück. Eine Träne rollte Ninas Wange hinab, als sie sich zu ihm setzte. Die Wahrheit, die vor ihnen lag, hatte sie beide erschöpft.

Plötzlich sprang er auf und eilte davon. Nina konnte ihm nur noch hinterhersehen.

»Lass ihn gehen, er muss es begreifen«, sagte Martina.

Nina blieb sitzen und sah in den Wald hinein.

»Dass er tot ist«, flüsterte Nina.

»Ich denke, man verliert nie ganz die Hoffnung, auch er nicht«, sagte Martina.

»Er hat jetzt Gewissheit. Wenn er mir glaubt.«

Sie war erleichtert, dass er endlich Bescheid wusste, aber glücklich war sie darüber nicht. Nicht solange er ihr nicht sagte, dass er ihr glaubte.

Nina stand auf, sah noch mal zu Martina. Die beiden nickten sich zu, dann brach Nina auf.

Zwölftes Kapitel

Maria nahm einen großen Schluck, von dem Glas, das ihr Viktor gereicht hatte. Der Whiskey rann ihre Kehle hinunter und hinterließ, ein angenehmes Brennen, in ihrer Kehle.

Nick saß auf einem Stuhl und hatte das Gesicht in seinen Händen vergraben.

»Sie also auch«, stellte Maria fest.

»Dieses mal wird es anders sein«, sagte Viktor. »Wir können etwas unternehmen.«

Nick schwieg. Das alles, war nur schwer zu glauben.

Er konnte sich noch gut daran erinnern, wie Martina mit Menschen redete, die Tod waren. Zumindest behauptete sie das. Sie redete ständig davon und wurde von Tag zu Tag paranoider. Es zerbrach ihm fast das Herz, dass es bei ihr genauso war.

Dass sie es geerbt hatte.

»Wenn sie die Wahrheit sagt, so wie Tina damals«, warf Nick ein.

»Sei nicht albern«, sagte Maria.

Maria war sich so sicher. Nick hingegen gar nicht. Es hörte sich so glaubhaft an. Etwas in ihm sagte, dass es wahr sein könnte.

Woher wusste sie so gut über Samuel und Benjamin Bescheid? Er verdrängte den Gedanken daran, ließ die beiden alleine und verließ das Grundstück.

Robert brühte sich Tee auf und seufzte, als er sich auf die Terrasse setzte.

Seine Frau hatte vor 15 Jahren, die Scheidung eingereicht. Sie war in Amerika geblieben, mit seiner 20-jährigen Tochter, die ihn nicht ausstehen konnte, und die er schon Jahre nicht mehr gesehen hatte. Er war zurück in seine Heimat gegangen, weil er sich seiner Schuld stellen wollte.

Aus tiefstem Herzen liebte er Mierlbach. Er hatte sich geschworen, dass er hier den Rest seines Lebens verbringen würde. Die Schuld, die ihn seit 21 Jahren, Tag und Nacht begleitete, hatte seinen Entschluss gestärkt.

Er trank einen Schluck und sah die Straße entlang. Es war ein herrlicher Novemberabend. Ringsum waren Geräusche zu vernehmen. Kreischende, spielende Kinder, die dass milde Wetter ausnutzten. Er erinnerte sich an viele solche Abende, als er selbst noch ein Kind war.

Sie waren sich sehr nahe gestanden. Martina war der einzige Mensch, der ihm Sicherheit gegeben hatte. Wie sehr er sie und diese Zeit vermisste.

Er sah zur Straße, als eine Autotür zuschlug. Nick kam durch das Gartentor. Er schien angespannt. Robert wunderte sich über diesen Besuch. In seinem Gesicht zeichnete sich Ratlosigkeit ab.

»Wie geht´s dir?«, fragte Nick.

Robert zuckte die Achseln. »Bist du gekommen, um mich das zu fragen?«

Nick schüttelte den Kopf und schien über etwas besorgt.

»Jeden Tag wach ich auf und denk mir, ob des alles war.« Robert sah nachdenklich auf den Boden.

»Ich hab nicht viel, auf das ich stolz sein kann. Eine gescheiterte Ehe, eine Tochter, die mich nicht ausstehen kann«, sagte Robert.

»Du hast eine Autowerkstatt auf die Beine gestellt, das ist doch was.«

Robert schien damit nicht zufrieden zu sein.

»Sie sieht ihr so ähnlich und ich lieb sie und kann es ihr nicht sagen ... Verstehst du nicht, dass mich das auffrisst«, sagte Robert.

»Es tut mir leid, ich weiß, wir waren nicht fair zu dir«, gab Nick zu.

»Ich versteh, dass ihr nur ihr Bestes wollt, aber was gibt euch das Recht zu entscheiden, was das Beste für sie ist«, sagte Robert.

»Denkst du, du hättest eher das Recht dazu.«

»Ganz sicher nicht«, sagte Robert und ließ seinen Blick über den Garten schweifen.

»Ich will, dass sie die Wahrheit kennt, und sie es selbst entscheidet«, sagte er überlegend.

»Wenn sie mir sagt, ich soll mich zum Teufel scheren, dann werde ich das akzeptieren, aber nicht so, Nick.«

Nick konnte ihm nicht widersprechen, denn im Grunde hatte er recht. Sie alle hatten sich dazu aufgelehnt, um über Nina zu bestimmen.

»Was beschäftigt dich so?«, fragte Robert.

»Kann ich dich was fragen, in Bezug auf Martina?«, fragte Nick.

»Natürlich.«

»Als sie damals … krank wurde, hast Martina nur ein wenig glauben geschenkt?«, fragte Nick.

Robert ließ sich ein wenig Zeit mit seiner Antwort.

»Im Nachhinein schon«, sagte Robert. »Eine dieser Sachen mit der ich leben muss. Ich hätt ihr Vertrauen müssen.«

Nick starrte gedankenverloren in den Himmel.

»Was ist los?«, fragte Robert.

Nick stand auf, ohne zu antworten, und gab Robert die Hand.

»Wir sehen uns«, sagte Nick und verließ das Grundstück.

Das ganze Haus lag in Finsternis. Theresia überprüfte erneut alle Schlösser. Die Fenster waren alle geschlossen. Mit zittriger Hand griff sie nach dem Sektglas. Sie stürzte es hinunter und schenkte sich aus der grünen Flasche nach. Mittlerweile fürchtete sie sich vor den Nächten. Wenn früh der Abend dämmerte, merkte sie, wie sich etwas in ihrem Magen verknotete. Sie wusste, was er verlangte. Wie gerne würde sie sich jemanden anvertrauen. Das war unmöglich.

Draußen schien es stetig dunkler zu werden und sie sprang vom Sofa und setzte sich dahinter auf den Boden.

Ihr ganzer Körper begann unkontrolliert zu zittern. Schritte ertönten. Sie wusste, dass er da war.

Dass er es verlangte.

»Theresia, sei doch nicht kindisch«, sagte er. Sein eisiges Lachen ließ ihre restliche Kraft aus ihrem Körper fahren und sie sank zu Boden.

Ein unmenschliches Wimmern entfuhr ihren Lippen, als die Schritte auf sie zukamen. In der nächsten Sekunde tauchte sein Kopf über dem Sofa auf.

»Guten Abend, Liebste.« Immer noch lachte er.

Sie war wie erstarrt.

»Du kommst mit mir«, sagte er.

Sie schüttelte schwach den Kopf.

»Langsam verärgerst du mich.«

Sein Kopf verschwand und im nächsten Moment merkte sie, wie das Sofa verrutschte. Schließlich war es keine Barriere mehr und er trat auf sie zu. Er packte sie an der Schulter und mit unvorstellbarer Kraft zog er sie mit. Ihre letzte Energie mobilisierend griff sie nach dem Tisch, aber es war sinnlos.

Im nächsten Moment spürte sie den kalten Abend, als sie das schützende Haus verließen. Theresia fiel zurück und gab auf.

Ben stand an der Tür gelehnt und sah besorgt zu Nick und Viktor. Das Sofa lag umgekippt an der Wand, ein umgeworfener Tisch lag daneben. Theresia war unauffindbar.
»Das schaut nach einem Kampf aus«, sagte Ben.
»Wurde sie mit Gewalt mitgenommen?«, fragte Nick.
»Das ergibt doch alles keinen Sinn«, sagte Ben.
Die Drei hingen eine Zeit lang ihren Gedanken nach.
»Ich kümmere mich darum, und gebe eine Vermisstenanzeige auf«, sagte Viktor besorgt.
Viktor sah wieder besorgt auf das Chaos. Was hatte seine Tochter getan? Mit wem hatte sie sich angelegt? Er hatte sich in letzter Zeit, zu wenig um sie gekümmert. Gerade nach dem Tod ihres Mannes hätte sie vielleicht mehr Unterstützung gebraucht. Selbst nach ihrem Unfall hatte er sich weiter keine Gedanken gemacht. Sie war in Ordnung. Das hatte sie mehrere male bekräftigt. Schließlich war sie eine erwachsene Frau. Jederzeit hätte sie zu ihm kommen können. Er wäre da gewesen.
   Er sah zu Nick und Ben. »Geht ruhig, ich kümmer mich darum.«
   Nick und Ben gingen zur Tür und stiegen in Nicks Auto.
»Was denkst du, ist passiert?«, fragte Ben.
»Wenn ich das nur wüsste.« Nick startete den Motor.
»Ehrlich gesagt, hab ich keine Ahnung«, sagte Nick.
   Sie fuhren los. Sie wollten bei Nick ein Bier trinken und weiter darüber grübeln.
   Er parkte im Hof. Ninas Auto fehlte. Wo war sie wieder? Ben merkte es ebenso. Nick sprang aus dem Wagen und ging zur Tür.

»Alles in Ordnung?«, fragte Martina.
Nina sah in den Wald hinein und streckte ihre Füße aus.
»Er glaubt mir nicht«, gab sie zu.
»Hat er das gesagt?«
»Nein, das musste er auch nicht. Er hat sich deutlich von mir zurückgezogen«, sagte Nina.
»Er wollt dich schon immer beschützen, von eurer ersten Begegnung an, du warst gerade erst ein paar Tage alt.«
»Als Geist bekommt man aber viel mit«, sagte Nina und Martina lachte auf.
»Man kann es ja für gewöhnlich niemanden erzählen«, sagte Martina. Die beiden lächelten sich an.
»Hat er dir nicht erzählt, dass er dir den Namen Nina gegeben hat?«, fragte Martina.

Nina runzelte die Stirn. Wie war es dazu gekommen? Warum hatte er ihr das nie erzählt? Warum machte er so ein Geheimnis darum? Warum glaubte er, sie schon immer zu lieben, obwohl er sie nicht einmal kannte?
»Alles im Leben hat einen Sinn, Nina«, sagte Martina.
»Meinst das Schicksal?«, fragte Nina.
»Glaubst du nicht an so was?«
»Das sind doch eher alles Zufälle«, sagte Nina.
»Manches kann kein Zufall sein.«
Nina seufzte und war nicht überzeugt.
»Vor 2 Jahren hat Dominik einen großen Fehler gemacht, weil er sich etwas beweisen wollte.«
»Meinst du die Hochzeit mit Lisa?«, fragte Nina.
Martina nickte ihr zu.
»Was wollte er sich beweisen?«

»Dass er auch ohne dich leben kann«, sagte Martina.

Sie war immer noch nicht schlauer.

»Er weiß nicht, dass Andreas Steinberg immer noch da ist?«, fragte Nina.

Martina schüttelte den Kopf. »Die beiden haben sich gehasst. Dominik wollte nichts mit ihm zu tun haben.«

»Wegen den Dingen, die mein Vater getan hat«, stellte Nina nüchtern fest. Das konnte sie ihm nicht verübeln.

»Es ist nicht nur er«, sagte Martina und Nina sah zu ihr hoch.

Nina war zerknirscht. Sie wollte gerade fragen, wer den noch in den Wäldern wäre, aber soweit kam sie nicht mehr.

Es dämmerte bereits und Nina bekam einen Schrecken, als sie Ben und Nick durch die Bäume kommen sah.

»Was machst du hier?«, fragte er und sie hob ihre Nase und merkte, wie die Wut fast überhandnahm. Sie stand auf, ging auf ihn zu und an ihm vorbei.

»Ich habe mit dir geredet«, sagte er.

»Was geht es dich an, anscheinend glaubst du mir sowieso nichts«, zischte sie.

Nick zuckte deutlich zurück. Das war ihr egal.

Ihr war auch Ben egal, der neben Nick stand und es ihm sichtlich unangenehm war, hier zu sein.

Sie trat auf ihn zu und sah in Nicks Augen.

»Denkst du, die letzten Wochen, waren ein Spaß für mich. Ich hatt Todesangst, weil ich es selbst nicht glauben konnte«, sagte Nina.

Wutentbrannt starrte sie in Nicks Gesicht. Er öffnete den Mund und schloss ihn gleich wieder.

»Red verdammt noch mal mit mir«, fauchte sie ihn an.

Plötzlich lehnte sie sich an den nächsten Baum und stöhnte auf.
»Was ist?«, fragte Nick, während sie ihren Bauch hielt.
Er kam auf sie zu, bevor er überhaupt etwas tun konnte, rannte sie von ihm fort.

Schnell eilte sie durch die Bäume hindurch. Ohne irgendetwas wahrzunehmen. Sie stieg in ihr Auto und fuhr los.
Erst mal weg von hier.

Sie fuhr auf die Landstraße Richtung Kleinbruck. Plötzlich trat etwas auf die Straße. Er war es. Im letzten Moment riss sie das Steuer herum und machte eine Vollbremsung.

Sie kam zum Stehen, und sah mit weit aufgerissenen Augen in den Rückspiegel. Andreas Steinberg kam auf sie zu.
Warum konnte er sie nicht in Ruhe lassen? Wut überkam sie, als er Schritt für Schritt auf sie zukam. Fast als er an der Tür war, startete sie den Motor und fuhr los. Zorn-erfüllt starrte sie ihn an, dann gab sie Gas und fuhr durch ihn hindurch.
Im Rückspiegel sah sie, wie er ihr hasserfüllt nachstarrte. Was zum Teufel hatte sie ihm getan? Warum betrachtete er sie mit diesem Blick? Sollte es nicht sie sein, die ihn so betrachten sollte? Entschlossen beschleunigte sie das Tempo. Desto weiter sie fuhr, umso befreinder fühlte es sich an. Sie sollte am besten nie wieder kommen.

Der Abstand hatte ihr gutgetan. Ihr Kopf war wieder klarer.
Sie sah sich um. Der Wald verströmte eine harmonische Ruhe.
Kein Mensch war in der Nähe. Ging Martina ihr absichtlich aus dem Weg? Stellte Nina zu viele Fragen?

Nachdenklich ging sie zurück zum Auto. Nick hatte ein paar mal angerufen, aber sie wollte nicht mit ihm reden und hatte ihn jedes mal weggedrückt.

Ihre Entscheidung es ihm nicht zu sagen, war von Anfang an gut gewesen. Wenn er nicht zufällig ihr Gespräch mit angehört hätte, wäre es noch ihr Geheimnis.

Sie hielt am Parkplatz vor dem Friedhof. Immer noch war sie unschlüssig, ob sie bei Nick vorbei schauen sollte.

Sie blieb, an Andreas Steinberg Grab stehen und betrat danach den Weg zu den älteren Gräbern, hinter der Kirche.
Der Grabstein ihrer Großmutter war grau und verwittert, von Moos überzogen. Die Inschrift war aber noch gut lesbar.

Aus den Augenwinkeln sah sie jemanden neben sich treten und sie wusste sofort, dass es Martina war.
»Ich bin oft hier und sehe es mir an«, sagte sie.
Nina atmete tief durch und fragte etwas, das ihr ständig im Kopf herum ging. »Wie bist du gestorben?«, fragte sie.

Martina sah zu Boden und mied Ninas Blick. Nina rechnete schon nicht mehr mit einer Antwort, als sie sagte:
»Ich war jung … Ich hab mir immer vorgestellt, von hier wegzugehen, etwas Großes aus meinem Leben zu machen.«
Nina war völlig auf ihre Stimme konzentriert.
»Robert war meine einziger Vertrauter. Er war der beste Bruder, er war mein bester Freund, und hat meinen Verlust nie überwunden. Seine Schuld hinderte ihn daran, je wieder

glücklich zu sein«, sagte Martina.
»Roberts Schuld?«, fragte Nina. »Welche Schuld?«
Sie musterte Nina und schwieg einige Minuten.
»Du darfst nie bös von ihm denken. Er ist der liebste Mensch, den ich kenne, nur gewisse Fehler hinderten ihn, unbeschwert weiter zu leben.«
»Du hast ihn sehr geliebt?«, fragte Nina.
Martina nickte lächelnd. »Er war alles für mich, wir waren ein Herz und eine Seele.«
Eine Weile sahen sie auf das Grab.
»Andreas hingegen war so anders.«
Nina versuchte Martinas Gesicht, zu ergründen.
»Er war damals schon mit Maria zusammen. Ich war 13, als es anfing«, sagte Martina.
Nina legte ihre Hände um ihren Mund.
»Ihm war es egal, dass es wehtat und er war so furchtbar grob.«
»Großer Gott!«, sagte Nina. Hatte er nicht einmal vor seiner Schwester halt gemacht? Welch ein Monster, ihr Vater gewesen war.
Martina nickte, und schien erleichtert, es endlich auszusprechen.
»Robert hat nichts gemerkt, zumindest am Anfang.«
Nina ging ein paar Schritte auf Martina zu. »Es tut mir leid«, sagte Nina.
»Du hast am wenigsten Schuld daran«, sagte Martina.

Nina war fassungslos und schockiert. So unbedingt wollte sie wissen, wer ihr Vater gewesen war. Noch nie hatte sie so etwas tief bereut, wie ihr Weg hierher. Ninas Blick wanderte zur Kirche.
»Ich hab das Gefühl, dass ich hier schon mal war«, sagte sie. »Es fühlt sich an, als wäre es in einem anderen Leben gewesen. Wie

eine Erinnerung aus einem früheren Dasein.«
Martina wandte sich ab und sah ebenso zur Kirche.
»Ich wurde hier getauft und du auch«, sagte Martina.
Nina sah sie sprachlos an.
Was hatte ihre Mutter noch verschwiegen?

Sie ging ein paar Schritte den Weg entlang. Schnell hatte sie die Gräber von ihren Urgroßeltern gefunden, und auch das von Renate Sturm, Viktors erster Frau. Theresias und Pauls Mutter war vor 35 Jahren an Krebs gestorben. Unter all den Gräbern ihrer Familie, wo war das von Martina?
Es war für sie schon selbstverständlich, dass sie ganz vergessen hatte, dass die Menschen dachten, sie sei von hier weggegangen.
»Die Leut hier wissen nicht, dass du tot bist«, stellte Nina fest.
»Ich weiß.«
»Robert weiß es nicht«, sagte Nina.
»Ich denk, er kennt mich gut genug, um zu wissen, dass mir etwas zugestoßen ist.«

Das Tor zum Friedhof fiel zu und Martina löste sich auf. Nina fluchte innerlich, als sie sich umwandte und der älteren Dame zunickte. Sie war zu einem der älteren Gräber unterwegs und musterte Nina neugierig.

Nina machte sich auf dem Weg, zu ihrem Auto. Warum machte ihre Mutter ein Geheimnis um ihre Kindheit? Vor allem ihrem Vater?

Nick hatte ihr verschwiegen, dass sie sich schon früher getroffen hatten. Warum machte er so ein Geheimnis darum?

Als sie zum Himmel sah, fiel ihr wieder ein, dass sie eine Unwetterwarnung für die Region, im Radio gehört hatte.
Der Wind frischte schon auf.

Sollte sie mit Nick reden? In Gedanken versunken, stieg sie in ihren Wagen und blieb still darin sitzen.

Die letzte Nacht, war sie bei Alina gewesen. Sie hatte ihr alles erzählt. Von Martina, Samuel und Benjamin. Von ihrem Vater, der sie in ihren Träumen und in der Realität verfolgte.

Ihre anfängliche Skepsis, war bald dem Glauben an die Wahrheit gewichen. Sie hatte ihr geglaubt, weil sie Nina vertraute.

Warum konnte das Nick nicht? Sie schreckte auf, als es an ihr Fenster klopfte. Nick stand vor ihrem Fenster.

Seine Augen, sahen sie entschuldigend und erleichtert an.

Sie musste sich ihm stellen und ergab sich ihrem Schicksal.

Dreizehntes Kapitel

Nick hatte ihnen Kaffee gemacht. Jetzt saßen sie in der geräumigen Küche und schwiegen sich an.
Nachdenklich strich Nina mit einem Finger über ihre Tasse. Sie mied seinen Blick. Sie benahmen sich wie ein altes Ehepaar.
»Du hast mir gefehlt«, sagte er.
Was sollte sie erwidern? Er hatte ihr ebenso gefehlt. Wie sehr, davon war sie selbst überrascht gewesen. Er war ein wesentlicher Bestandteil ihres Leben geworden.
»Du mir auch«, flüsterte sie.
Zögernd griff er nach ihrer Hand. Ein Lächeln umspielte ihre Lippen. Erleichtert beugte er sich zu ihr und küsste sie.
　Im nächsten Moment, ertönte ein lauter Donner und sie schraken beide zusammen.
»Sturm Elsa ist im Anflug«, sagte er.
Sie stand auf. »Ich hol nur meine Tasche aus dem Auto, bevor es losgeht.«
　Er sah ihr nach, als sie nach draußen ging. Er atmete einmal tief durch und war erleichtert. Noch war alles in Ordnung.

Schon bald würde sie ihn vermutlich hassen. Tat er wirklich das Richtige? Würde sie ihm das verzeihen? Er hoffte es.

Sturm Elsa war an seinem Höhepunkt angelangt.
Lange genug hatte sie Nick beim Schlafen betrachtet. Irgendwann war sie aufgestanden und hinunter in die Küche gegangen. Es ging ihr zu viel im Kopf herum.
Vor allem über ihren Vater. Martina hatte unter ihm leiden müssen. Wie so viele andere. War das kleine rothaarige Mädchen, auch eines seiner Opfer? Auch Benjamin? Er war immer davon gekommen. Solange sie nicht wusste, was genau geschehen war, würde sie keine Ruhe mehr finden.
 Gedankenverloren sah sie aus dem Fenster, zuckte vor Schreck zurück, als Martina in der Spiegelung plötzlich hinter ihr stand.
»Martina«, sagte Nina. Sie presste die Hand auf ihre Brust. Sie drehte sich zu ihr um.
»Ich brauche deine Hilfe«, sagte Martina. Sie war völlig aufgelöst.
»Was ist passiert?«, fragte Nina.
Martina sprudelten die Worte nur so heraus, sodass Nina rein

gar nichts von dem verstand, was sie sagte.
»Langsam!«, rief Nina.
Martina war so aufgeregt und völlig von der Rolle.
»Was ist los? Was soll ich tun?«, fragte Nina.
»Bitte, du musst mir helfen«, wiederholte Martina.
»Ich helf dir ja«, sagte Nina.

Nina vermied es, nach oben, ins Schlafzimmer zu gehen. Sie griff sich ihre Kleider von gestern, die über der Badewanne lagen und zog sich leise um. Von der Garderobe im Erdgeschoss, zog sie eine Regenjacke von Nick an und stülpte sich die Kapuze über. Martina wartete derweil im strömenden Regen auf sie.
»Nimm eine Schaufel mit«, bat Martina.
Nina sah sie erstaunt an und wandte sich der Garage zu. Sie hatte keine Ahnung, wo sie eine Schaufel herbekommen sollte, vermutete aber das Nick wahrscheinlich eine in der Garage aufbewahrte. Die Suche dauerte nicht lange. Sie stand gleich neben der Schneeschaufel, in der hinteren Ecke.
Nick war ein sehr organisierter Mensch. Das genaue Gegenteil von ihr.

Als sie in ihr Auto einstieg war sie vollkommen durchnässt. Martina hingegen, war so trocken, wie die Sahara.

Am Fenster im 1. Stock trat gerade jemand vom Fenster zurück, aber Nina nahm es nicht wahr, als sie losfuhr.

Es war keine Überraschung für sie, als Martina sie zum Waldrand lotste. Sie hatte es schon vermutet. Sie parkte an ihrer gewohnten Stelle und sah zu ihrer Tante hinüber.
Martina sah besorgt zu Nina.
»Was machen wir hier?«, fragte Nina. Martinas Blick glitt zu den Bäumen.

»Sie wollen es wegschaffen.«

Nina nickte, als hörte sie so etwas jeden Tag. Nina war sich sicher, dass sie damit Beweise meinte.

»Du wurdest ermordet, nicht wahr?«, fragte Nina.

»Ja«, antwortete Martina. Nina nickte und öffnete die Tür.

Die Kapuze ihrer Regenjacke, flog sofort wieder von ihrem Kopf. Entschlossen packte sie die Schaufel vom Rücksitz. Martina trat neben sie.

»Dann los«, sagte Nina.

Martina führte sie in den Wald hinein. Die Minuten wurden zu Stunden. Schon eine Weile stampften sie durch den Sturm.

Nina lehnte sich unaufhörlich dagegen und war manchmal atemlos, wenn eine Windböe direkt auf ihr Gesicht traf.

Der Weg, den sie gingen, kam ihr nicht bekannt vor. In diesem Teil des Waldes war sie nie gewesen. Soweit war sie noch nie gelaufen. Trotzdem hatte sie das seltsame Gefühl, diesen Ort zu kennen.

Martina blieb stehen, ihr rechter Zeigefinger deutete auf eine Reihe von Bäumen. Nina ging, ohne zu zögern, auf die Knie.

Es schüttete wie aus Kübeln, aber das störte sie nicht. Die anstrengende Arbeit nahm sie völlig ein. Durch den anhaltenden Regen war die Erde durchweicht. Das kam ihr ein wenig zur Hilfe. Irgendwann griff sie mit bloßen Händen in die matschige Erde, grub immer tiefer und tiefer. Hier musste es sein.

Sie sah nach hinten, und sah ihre Tante fragend an. Martina nickte ihr zu. Nach einer Weile stieß sie auf etwas Hartes, ihr wurde klar, dass sie gefunden hatte, was sie suchte.

Ihre Hände bekamen etwas zu fassen. Sie zog es heraus und war erstaunt. Es war ein Messer. Mit Erde bedeckt und wenn man

genau hinsah, konnte man noch etwas Blut entdecken.
Nina sah wieder in das Loch, und sah etwas Helles darin.
Sie war davon ausgegangen, Martina auszugraben. Stattdessen zog sie mit Blut besudelte Strampler heraus. Sie starrte wie entgeistert auf den rosa Strampelanzug, der mit dunklen Flecken überzogen war. Sie sah wieder zu Martina.
War sie zu spät gekommen? Oder hatte sie die falsche Stelle?
Du lebst solange, wie sie tot ist. Sie wühlte weiter, aber sie wusste, sie würde keine Knochen mehr finden. Ihr war es plötzlich wie Schuppen von den Augen gefallen. Alles machte plötzlich Sinn.
Nina sah zurück zu ihr und dann sah sie ihn. Nick kam gerade durch die Bäume. *Du siehst ihr sehr ähnlich.*
Warum war ihr das Offensichtlichste, nicht vorher klar geworden? Sie starrte zu ihm hinauf. Ihr wurde in diesem Moment alles klar. Von Anfang an hatte er sie belogen. Genau das war es, was man ihr die ganze Zeit verschwiegen hatte.
Nick trat näher heran. Sie konnte sich nicht bewegen. Seine Augen schauten sie entschuldigend an. Er fiel vor ihr auf die Knie, wollte durch ihre Haare streichen, die an ihrem Gesicht klebten. Wütend schlug sie seine Hand zurück.
»Du hast es gwusst«, schrie sie ihn an.
»Es tut mir so leid, ich wollt dich immer nur beschützen«, sagte er. »Ich hatt keine Ahnung, wie sehr ich dich eigentlich liebe.«
Nina rappelte sich hoch und schlug seine Hand aus, die er ihr anbot.
»Wie konntest du das tun?«, fragte sie ihn. »Ich habe begonnen dir zu vertrauen.«

Nick schloss für einen Moment seine Augen.

»Ich weiß«, sagte er. »Ich wollte dir nicht wehtun.«

Ein kaltes Lachen drang an ihre Ohren. Es drang ihr durch Mark und Bein. Sie sah zurück zu Martina. Martinas Haare wurden allmählich heller. Ihr Gesicht veränderte sich. War das eine List gewesen? Hatte man sie reingelegt?

Sie griff Nicks Hand und zog ihn zurück.

»Was ist los?«, fragte er und sah sich um.

»Wir müssen hier weg«, sagte sie und sah gebannt, wie ihr Vater durch die Bäume trat und sich zu der Frau gesellte. Nick verstand nichts.

»Sag mir, was los ist«, bat Nick.

»Wieso? Du glaubst es mir doch nicht«, sagte Nina.

Nick seufzte auf. »Na, sag schon.«

Nun seufzte Nina. »Mein Vater steht da vorn, neben einer Blondine des 20. Jahrhundert. Zumindest vermut ich das.«

Nick sah sie erstaunt an.

»War ja klar«, sagte sie.

»Dein Vater steckt also dahinter, und wer ist die Blondine?«

»Ich habe sie noch nie gesehen«, gestand Nina.

Im nächsten Moment hörten sie ein Knurren.

»Verdammt«, sagte Nick. Die Beiden sahen in die großen Augen des Wolfes. Nick zog Nina hinter sich. Sie verkniff sich einen Kommentar, über sein heroisches Benehmen.

»Der gleiche Wolf«, bestätigte Nina. Spürte augenblicklich die Wunden wieder, die immer noch nicht ganz verheilt waren.

Das würde erklären, warum ein Wolf auf Menschen losging.

Er war vermutlich auf irgendeine Weise beeinflusst worden.

Nick ging ein paar Schritte rückwärts, mit Nina im Rücken.

»Was machen wir?«, flüsterte Nina.

»Wir müssen laufen, sehr schnell«, sagte Nick.

Sie nickte ihm zu.

»Bist du bereit?«, fragte er und sie nickte.

Sie sprinteten los. So schnell wie möglich, durch die Bäume hindurch. Der Boden war glitschig und durchnässt, sodass sie aufpassen mussten, um nicht zu stürzen. Ein Sturz, würde den sicheren Tod bedeuten. Nina warf einen Blick zurück, wie der Wolf nach einem Kommando losrannte, direkt auf sie zu.

»Wo laufen wir hin?«, fragte sie, als der Wald nicht enden wollte. Der Wolf war ihnen auf den Fersen. Immer Näher auf sie zu.

Nick bemerkte eine Reihe von Gebüschen und schnell zog er Nina mit sich dahinter. Irgendwie mussten sie ihn abhängen. Nick hoffte, dass er sie nicht witterte. Er legte einen Finger an seinen Mund und zeigte Nina so, dass sie vollkommen still sein sollte.

Das laute Atmen des Tieres, kam immer näher. Nick streckte sich und beobachtete ihn. Das Raubtier wurde langsamer und sah hinter jeden Baum. Schließlich kam er auch bei den Büschen an. Nick zog seinen Kopf zurück und hielt den Atem an. Langsam schritt der Wolf vorwärts. Nick zählte die Sekunden, aber nichts geschah. Irgendwann wagte er nachzusehen. Keine Spur von ihm. Sie hatten ein Mordsglück.

»Komm«, sagte er, nahm ihre Hand und sie rannten weiter.

»Wohin laufen wir?«, fragte Nina.

»Richtung Mierlbach«, sagte er. »Vertrau mir.«

Dessen war sie sich nicht sicher. Ehrlich gesagt wusste sie nicht einmal, ob sie es nach dieser Sache, wirklich jemals könnte.

Eine endlose Zeit später, erreichten sie das Ortsschild. Nina war am Ende ihrer Kräfte. Die Kälte war weit vorgedrungen und steckte ihr in den Gliedern. Überall an ihr klebte Matsch. Sie würde nichts Lieber, als nur noch zu baden und sich ins warme Bett zu kuscheln. Alleine! Sie blieben stehen, um ein wenig zu verschnaufen.

»Geht´s dir gut?«, fragte Nick.

»Denkst immer, ich bin ein Schwächling.«

Er hob die Arme. »Tut mir leid«, schnauzte er.

»Ich wollte es dir doch sagen«, gestand er. »Alles wollte ich dir sagen.«

»Was wolltest du mir sagen? Na, los, Dominik? Was noch?«, sagte sie und starrte ihn an. Sie ging auf ihn zu.

»Hör zu, wir sollten erst mal hier weg, dann erzähle ich dir alles«, sagte Nick.

Sie starrte in sein Gesicht, nickte und folgte ihm die Straße entlang. Nick blieb vor seinem Elternhaus stehen. Er klopfte an die robuste Eichentür, die sobald geöffnet wurde.

Nina hatte gerade einen wahren Albtraum hinter sich. Das war alles so unwirklich, dass sie Viktor gar nicht richtig beachtete. Sie schwankte, mit schlammigen Füßen, hinter Nick ins Haus. Hier gab es sicher eine Badewanne. Vielleicht ein Bett. Ehrlich gesagt, hatte sie keine Kraft mehr, heute noch irgendwo hinzugehen. Morgen konnte sie weiter sehen.

Ihre Mutter breitete die Arme aus. Sie wich erschrocken zurück. Wo kam sie den jetzt her? Mario stand neben Ben und Katja. Was machten sie alle hier? Viktor schloss die Tür und drehte das Schloss um. Nina starrte alle sekundenlang an. Besonders zu Nick. Der ihr endlich erklären sollte, was hier los war.

Ein ihr unbekannter Mann, stand zwischen ihnen.

»Hallo Nina«, sagte er. »Ich möchte mich gern einmal mit dir unterhalten.«
Nina starrte ihn an. Sie wich ein paar Schritte zurück, als er auf sie zukam. Ihr Blick glitt zu Nick, der sein Gesicht auf den Boden gerichtet hatte. Er hatte sie verraten.
»Ich bin Dr. Reinhardt, ich möcht gerne, dass du mit in meine Klinik kommst.«
Nina schüttelte den Kopf. »Ich brauch keine Hilfe.«
   Wie hatte er ihr das antun können? Schritt für Schritt, wich sie vor ihnen zurück. Nick konnte sie nicht mehr ansehen.
Nie wieder würde sie ihm vertrauen können, sie fühlte sich unter all den Menschen, die sie liebte wie ein Alien.
Alle hatten sie sie angelogen. Noch schlimmer, sie alle, ihre Familie, ihre Freunde, ihr Freund, hielten sie für verrückt.
Niemand schien auch minimal an die Möglichkeit zu denken, dass es wahr sein könnte.
   Maria trat auf sie zu. Schmerz in ihren Augen. Wie konnte sie nur?
»Nina, bitte geh freiwillig mit, oder wir müssen es gegen deinen Willen tun. Glaub mir, dass wir dir nur helfen wollen«, sagte Maria.
   Nina konnte nicht glauben, was sie vorhatten. Sie war nicht verrückt. Sie gehörte nicht dorthin. Oder? Nein. Ganz sicher.
»Warum?«, fragte sie und meinte jeden damit. Sie merkte, Tränen aufsteigen und spürte Verzweiflung. Eine innere Leere, die sich in ihr ausbreitete. Die Menschen verschwammen vor ihren Augen, weil Tränen ihre Augen verdeckten.
Keiner wagte es sich, ihr zu nähern.
   Plötzlich spürte sie Martina. Sie wischte ihre Tränen fort und

sah in Martinas Gesicht, die sich gerade zu ihr hinunter kniete. Martina sah sie traurig an und legte eine Hand auf Ninas Wangen.

»Es tut mir so leid«, sagte sie.

Martina senkte den Blick. »Alles hat einen Sinn, Nina.«

»Du denkst, das hat einen Sinn?«, fragte Nina laut und brach wieder in Tränen aus.

»Du wirst es irgendwann verstehen, das alles war dein Schicksal. Es ist dein Leben, du musst es akzeptieren, oder du zerbrichst daran«, sagte Martina.

Nina wusste nicht, was sie meinte, aber es wir ihr auch vollkommen egal.

Einen Moment später gaben ihre Knie nach, und sie fiel in die Dunkelheit. Ein Schweigen folgte. Nick setzte sich als Erster in Bewegung. Er kniete sich neben sie und zog sie in seine Arme.

Sanft strich er über ihre Haare. Einige Minuten vergingen. Nick fällte eine Entscheidung. Jedem schenkte er einen Blick. Ohne ein Wort, hob er Nina auf seine Arme und trug sie zur Tür.

»Mach auf«, sagte er zu seinem Vater.

Viktor schien fassungslos und sprachlos. Er bewegte sich nicht.

»Los!«, rief Nick ausdrücklich. Mochte es sein, dass er perplex war, oder etwas anderes. Viktor drehte den Schlüssel um und öffnete ihm die Tür. Nick eilte mit Nina in die Nacht hinaus.

Nina rannte. Sie rannte durch den Wald und er nahm kein Ende. Jemand verfolgte sie, und trieb sie vorwärts.
Sie durfte nicht stehen bleiben, nicht rasten.
Eine endlose Jagd.
Nina schlug die Augen auf, und war vollkommen verwirrt.
Was war passiert? Das Zimmer vor ihren Augen, erinnerte sie an das von Alina.
Wieso fühlte sich ihre Haut an, als wäre Wachs darauf. Sie setzte sich auf. Ihr ganzer Körper schmerzte. Mehr noch, jede Bewegung fühlte sich an, als wäre er gebrochen. Sie sah an sich hinab. Schlamm klebte an ihr, wie eine zweite Haut.
Sofort und mit voller Wucht, wusste sie, was letzte Nacht passiert war. Es war, als wäre sie von einer scharfen Miene heruntergestiegen, die nun in ihrem Inneren explodierte.
»Hi«, sagte Alina und trat in das Zimmer. Nina konnte nichts weiter, als Alina nur anzustarren. Der seelische Schmerz, den sie gerade fühlte, war zu viel.
»Ich würde sagen, du schwingst dich in die Badewanne, danach frühstücken wir und reden über alles«, sagte Alina.
Wie um Jahre gealtert, kämpfte sie sich aus dem Bett. Sie konnte kaum ihre Arme vor Schmerzen bewegen, um ihre Beine stand es nicht besser. Er war aber nichts, zudem Schmerz, der sie innerlich verbrannte.
Auf dem Weg zum Badezimmer fühlte sie sich, als würde sie zu ihrer Hinrichtung schreiten.

Vierzehntes Kapitel

Der Himmel war grau und trüb und die Tage dunkel wie Nicks Gemüt. Er bereute zutiefst, doch nützte es sich ihm nichts mehr. Er stürzte sich in die Arbeit, wie auch jetzt. Sein Blick fiel auf das Fenster und er seufzte. Sein Vater kam die Treppe hoch. Seit jenem Tag vor gut einer Woche, hatte er sich von ihm abgeschirmt.

»Guten Morgen, Dominik«, sagte er. Er nickte ihm zu.
»Wenn der Prophet nicht zum Berg kommt, muss eben der Berg kommen. Was ist los? Sieh mich doch wenigstens an.«
Nick sah auf und schenkte seinem Vater einen Blick.
»Es tut mir leid«, sagte Viktor und musterte ihn.
»Ich weiß, du gibst mir die Schuld.«
»Nein«, sagte Nick und stand auf. »Die gebe ich mir schon selbst. Ich hätte ihr glauben müssen.«
»Das hast du doch«, sagte Viktor.
»Zu spät.«
»Wie sie mich angesehen hat«, sagte Nick kopfschüttelnd.
»Sie wird wiederkommen«, sagte Viktor voller Vertrauen.

»Ich glaub nicht«, sagte Nick hoffnungslos.

»Bestimmt«, sagte sein Vater.

»Warum bist du da so sicher?«

»Weil sie … sie liebt dich, Dominik. Sie wird es verstehen, lass ihr einfach etwas Zeit.«

Nick senkte den Kopf. Sein Vater legte ihm die Hand auf die Schulter und drückte sie.

»Weiß sie eigentlich wer Maria in Wirklichkeit ist?«, fragte er und Nick schüttelte den Kopf.

Noch etwas, das man ihr verschwiegen hatte. Das alles war eben noch nicht genug. Konnte man so was überhaupt im Mindesten entschuldigen? Nein, nicht wirklich. Wahrscheinlich war diese letzte Wahrheit sein Todesurteil.

»Es tut mir leid, Dominik, ich wollte nicht, dass es so endet.«

Nick schwieg und setzte sich wieder an seinen Schreibtisch.

»Ich muss arbeiten«, sagte Nick.

Viktor wandte sich zur Tür, sah seinem Sohn noch mal an, dann ging er hinaus. Zum ersten mal in seinem Leben, hoffte er, dass sein Vater recht hatte. Er merkte, wie sie zurückkam. Ein wenig Hoffnung.

»Bitte Alina«, flehte Nick sie an. »Ich muss es ihr erklären.« Alina seufzte und verschränkte die Arme.

»Du hast sie wochenlang belogen, ihr Vertrauen missbraucht, du brauchst mehr als eine Erklärung, du solltest auf ein Wunder hoffen«, sagte Alina. »Du hast es nicht für nötig befunden, sie darüber aufzuklären, dass du sie kanntest.«

»Ebenso das ihre Mutter nicht ihre Mutter ist, sondern ein 14-jähriges Mädchen, das ermordet worden war«, sagte sie.

»Woher weiß sie das?«, fragte Nick.

»Sie ist nicht dumm Nick, sie konnte es sich zusammenreimen.«

Nick bekam Beklemmung in seiner Brust. Was er so unbedingt vor ihr verheimlichen wollte, kam nun ans Tageslicht.

»Es ist egal, dass ihre Eltern sie belogen haben, oder Ben und Katja, du hättest es nicht dürfen.«

»Ich weiß«, sagte er leise und niedergeschlagen.

»Würdest du ihr bitte zumindest etwas ausrichten«, fragte er.

»Okay.«

Nick lehnte sich an das Treppengeländer. »Sag ihr, dass sie mein Leben ist.«

Er senkte den Kopf und versuchte um Fassung zu ringen.

»Nick«, sagte Alina, als er aufsah, stand Nina an der Tür.

»Ich geh dann mal ... das Bad putzen oder so was.«

Alina nickte Nina zu und ging hinein. Einen Moment sahen sie sich in die Augen.

»Du warst auch mein Leben, die letzten Wochen zumindest«, sprach sie.

»Ich wollt nie etwas anderes, als dich zu beschützen«, sagte er.

»Ich weiß«, sagte sie. »Aber es war nicht deine Entscheidung zu verhindern, dass ich die Wahrheit erfahre. Es war niemanden

Entscheidung über mein Leben zu bestimmen, außer ich selbst.«
Sie kam noch näher auf ihn zu und spürte, wie sehr er ihr nahe sein wollte, es trotzdem nicht wagte, sie zu berühren.
»Ich hatte immer das Gefühl, nicht zu wissen wo ich hingehör, als ich dich traf, wusst ich, dass mein Platz schon immer bei dir war, aber das wurde mir erst in den letzten Tagen klar.«
»Verzeih mir«, sagte er flehend.
»Bist du wirklich der Mann, den ich kennengelernt habe?«, fragte sie. Ihre Füße bewegten sich von ihm weg.
»Du hättest zumindest mal erwähnen können, dass du mich schon kanntest, als ich noch nicht einmal laufen konnte.«
»Deine Mutter wollt es nicht«, sagte er.
»Meinst du Maria, denn diese Frau werde ich nie wieder Mutter nennen«, sagte Nina voller Verbitterung.
Sie schwiegen beide.
»Ich werde auf dich warten.«
Nina schluchzte auf. »Du machst es mir verdammt schwer, dich zu hassen.«
»So ist das Leben, Liebling«, sagte Nick. »Was soll ich tun? Sag mir, was ich tun soll und ich mache es.«
»Die Zeit zurückdrehen?«, fragte Nina.
»Wenn ich es könnte, würde ich es sofort.«
»Ich weiß einfach nicht, ob ich dir je wieder vertrauen kann.«
»Es tut mir leid«, sagte Nick, aber jede Entschuldigung war bedeutungslos. Nina rannte förmlich vor ihm weg.
   Er hörte er die Tür knallen. Ein furchtbares Geräusch.
Er hatte sie verloren, das wusste er und er würde nichts tun können, was das verhindern würde.

»Ich habe es all die Zeit gesagt«, sagte Katja und sah zu Nick. »Stell dir nur mal vor, was sie von uns denken muss.«
Nick starrte auf seinen Teller, schweigend, wie so oft in letzter Zeit. Er hatte jeglichen Appetit verloren.
»Es musste irgendwann an die Öffentlichkeit kommen, wir hätten es ihr nie verschweigen dürfen«, sagte Katja.
»Es war nur zu ihrem Besten«, warf Maria ein.
»Ach, wirklich, denkst immer noch, dass es das Beste für sie war?«, fragte Nick. Maria hob den Kopf.
»Ja, das denk ich, du nicht? Das einzig Logische einen Psychiater hinzuzuziehen«, sagte Maria.
Nick bekam so furchtbare Wut. Er musste tief durchatmen, um nicht die Beherrschung zu verlieren.
»Sie beruhigt sich wieder, dann kommt sie wieder zu dir«, sagte sie. Nick reichte es. Seine Faust knallte auf den Tisch. Alle sprangen erschrocken zurück.
Er stand auf, baute sich vor seiner Schwester auf.
»Du denkst, sie wird uns verzeihen? Dann wäre alles Vergessen? Du kotzt mich so an«, schrie er.
»Dominik«, mahnte ihn sein Vater. Nick war nur noch voller Zorn. Er wandte sich ab.
»Ich merkte zu spät, dass es der falsche Weg war und nun ist sie fort. Der einzige Mensch, der meinem Leben einen Sinn gab. Du bist immer noch so überheblich wie früher Maria. Lasst mich in Zukunft verdammt noch mal in Ruhe.«
Er wandte sich um und ging hinaus. Einige Minuten vergingen in Schweigen.
»Das kann doch nicht die Wahrheit sein?«, warf Maria ein.

»Was? Dass Martina nicht krank war, sondern diese Sachen, die sie behauptete wirklich wahr waren?«, führte Ben aus.

»Blödsinn!«, rief Maria.

»Sie war vollkommen verrückt, ansonsten hätt sie nicht ihre Mutter angegriffen«, sagte Maria.

Viktor hatte dieses Bild vor Augen. Martina hatte gerade Nina auf die Welt gebracht, als sie über ihre Mutter herfiel. Martinas besessene Augen glühten vor Zorn und Hass, als er selbst, sie von ihrer Mutter trennte. Sie war vollkommen weggetreten und schwer zu beruhigen gewesen. Damals hätte er handeln müssen. Tat es nicht. Kurz darauf verschwand Martina spurlos, hinterließ ein schreiendes Baby und eine tote Mutter.

Sie hatten nicht schnell genug gehandelt. Die Schuld hatte sie alle stets ihr weiteres Leben begleitet. Martina war verrückt geworden. Oder? War alles ganz anders gewesen? Viktor spürte erste Zweifel und es packte ihn, die reine Wahrheit herauszufinden.

Nina suchte nach ihrer Lieblingsbluse. Sie zog stattdessen eines von Nicks Hemden heraus. Alina, die ihre Sachen geholt hatte, musste es versehentlich eingepackt haben. Sie nahm es hoch und roch daran. Nicks Duft kroch in ihre Nase und sorgte dafür, dass sie sich gleich wohler fühlte.

Sie setzte sich auf das Bett und hielt es an sich gedrückt. Ihr wurde klar, dass sie nicht ohne ihn leben konnte und wollte. Aber was war die Alternative? Konnte sie ihm vertrauen? Ihr kamen die Tränen. Seit wann war sie so ein weinerlicher Waschlappen? Ihre Gedanken galten ihm. Am Tag, sowie in der Nacht. Er hatte sie zutiefst verletzt und doch fehlte er ihr.

Die Tür öffnete sich und Tobias stand vor ihr. Seit einigen Wochen traf er sich schon mit Alina. Sie hatten ein riesengroßes Geheimnis daraus gemacht. Selbst sie wusste erst davon, seit sie hier wohnte.

»Hi«, sagte er lächelnd. Er wollte gerade hinüber in die Küche zu Alina gehen.

»Tobias«, sagte sie. Er wandte sich ihr zu.

»Wie geht´s ihm?«, fragte sie.

Er kam auf sie zu, setzte sich auf die Lehne des Sofas und sah sie an. »Willst die Wahrheit hören?«, fragte er.

Sie nickte ihm zu.

»Furchtbar. Das musste er mir nicht sagen, das sieht man ihm an.«

So schlimm.

»Nick brachte dich hierher. Er tat es, weil er wusste, dass es der einzige Weg war ... Er kennt dich besser, wie du vielleicht denken magst«, sagte Tobias.

Nachdenklich nickte sie ihm zu.

»Wie geht es dir, Nina?«

Sie senkte den Kopf. »Es wird einfach nicht besser«, flüsterte sie.

Wie sehr es ihr fehlte, in seinen Armen zu liegen.

Alles hatte plötzlich so wenig Sinn in ihrem Leben.

So als wäre er schon immer da gewesen. Immer ein Teil ihres Lebens. Zumindest wollte sie es versuchen. Für ihre Liebe wollte sie kämpfen.

Nicks Leben nahm am nächsten Tag eine Wendung, die er nicht so schnell erwartet hatte. Erstarrt sah er auf das Display.
Nina rief ihn an. Mit zittrigen Händen hob er den Hörer ab.
»Schön deine Stimme zu hören«, sagte er und ließ seine Gefühle zu.
»Oh Nick«, sagte sie.
»Entschuldige, du musst mich für einen Weichling halten«, sagte er.
»Nein«, sagte sie ehrlich. »Es zeigt mir nur jedes mal, wie viel ich dir bedeute.«
»Alles«, sagte er leise.
Sie seufzte in den Hörer. »Ich versuche dich jeden Tag, zu hassen, aber mir wurde klar, dass ich das nie könnte«, gestand sie.
»Ich wurde mein Leben lang belogen. Ich habe immer geahnt, dass ich etwas anderes bin, etwas Abscheuliches.«
»Sag nie wieder dieses Wort«, sagte er.
»Du bist die wunderbarste Frau, der ich je begegnet bin, du bist

so gut und könntest niemals abscheulich sein.«
»Ich versteh, wovor du mich beschützen wolltest.«
»Ich werd dir alles erzählen, wenn du willst«, sagte er.
»Vielleicht«, sagte sie.
»Wenn du willst, erzähle ich dir auch von Samuel.«
»Du darfst nicht mehr leugnen, dass es ihn gab«, sagte sie.
»Manchmal kann ich so besser leben.«
»Es tut ihm weh«, sagte Nina.
»Ich hab ihn so sehr geliebt«, sagte er.
»Ich weiß«, sagte Nina »und er dich.«
»Maria ist deine Schwester, nicht wahr?«, fragte sie.
»Halbschwester«, sagte er. Es war endlich gesagt.
»Mein Vater hat sehr spät von ihr erfahren.«
Dann entstand eine erdrückende Pause.
»Du fehlst mir so sehr«, flüsterte er.
»Lass mir Zeit«, sagte sie.
»So viel wie du brauchst.«

Nick starrte noch einige Minuten auf sein Handy, obwohl sie schon lange aufgelegt hatte. Seit Langem verzog er dem Mund zu einem Lächeln. Weil eine kleine Hoffnung bestand, dass sie zurückkam.

»Alles klar?«, fragte Ben, als er kurz darauf das Büro betrat.
Nick schenkte ihm ein Lächeln. »Nina hat gerade angerufen.«
»Na also«, sagte Ben.
»Noch hat sie mir nicht verziehen.«
Ben betrachtete ihn. »Sie wird es.«
Nick nickte und sah verloren an die Wand.

Nina ging zögerlich auf das Haus zu. Mit den Händen strich sie über ihren Bauch. Da war noch eine kleine Sache, die sie Nick verschwieg. Zwischenzeitlich hatte sie ihre Schwangerschaft, durch einen Frauenarzt bestätigen lassen.

Sie wusste nicht, was dies für sie bedeutete. Wie er wohl darüber dachte? »Martina?«, fragte sie in die Stille. Sie stand an der Treppe. »Hallo«, sagte Nina und senkte den Kopf.

Nina wurde zum Ersten mal richtig bewusst, dass ihre Mutter vor ihr stand. Eine angespannte Stille entstand. Es war, als würde sie in einen Spiegel sehen. Warum war ihr das vorher nie klar geworden?

»Warum hast du nie etwas gesagt?«, fragte Nina.

»Weil ich dein Leben nicht durcheinanderbringen wollt.«

»Es tut mir leid.« Martina senkte den Kopf.

»Verstehst du nicht, dass sie dich nur beschützen wollten.«

»Andreas Steinberg ist wirklich mein Vater?«, fragte Nina.

Martina sah zum Himmel und nickte.

»Als ich von ihm schwanger wurde, verschwieg ich es aus Angst.«

Nina setzte sich auf die Treppe.

»Robert war der Einzige, der davon wusste. Als er es erfuhr, konnte ich meinen Bauch, kaum noch Verstecken. Zu diesem Zeitpunkt war meine Mutter schon krank und kam nicht mehr aus dem Bett.«

Nina sah eine Weile in den Wald hinein.

»Ich wurde hier geboren?«, fragte Nina und deutete zum Haus.

»Ja.« Daher rührte diese Verbundenheit. Weil ihr Herz diesen Ort lange vor ihr wiedererkannt hatte. Martinas Miene verdüsterte sich.

»Robert meinte, wir würden es schon schaffen, er, würde mir helfen.«

»Andreas fand es natürlich heraus?«, fragte Nina.

Martina nickte.

»Ein paar Tage nach der Geburt, kam er nach Hause.«

»Ich vermute, seine Begeisterung hielt sich in Grenzen?«, fragte Nina.

Martina senkte den Kopf. »Robert war in der Arbeit. Andreas konnte es nicht fassen, er riss mir dich aus den Händen.«

»Was hatt er vor?«, fragte Nina.

»Den Beweis aus dem Weg räumen, ich wehrte mich aus Leibeskräften und verlor.«

Nina schlug ihre Hände vor das Gesicht. War sie wirklich der Grund, warum Martina sterben musste?

»Du wurdest erwürgt?«, fragte Nina.

»Ja.«

»Von Andreas Steinberg, deinem eigenen Bruder?«

»Er zerquetschte mir den Hals, vergrub mich und ließ dich zurück. Meine Mutter hat noch versucht mir, zu helfen, das bezahlte sie mit ihrem Leben.«

»Sie hat von alldem gewusst, oder?«, fragte Nina.

»Sicher hat sie das, sie hat lange einfach weggschaut, bis zu dem Tag.«

»Robert kam nach Hause und fand sie und dich. Sechs Monate später, ging er nach Amerika«, sagte Martina.

»Robert hat die Geschichte von Anfang an nicht geglaubt. Schließlich kannte er dich am besten,« stellte Nina fest.

»Ich hätte dich nie freiwillig im Stich gelassen, das wusste er. Und es fraß ihn auf, das er es nicht beweisen konnt. Niemand glaubte ihm. Also ging er fort, um zu vergessen.«

Nina stand auf und versuchte mit der Wahrheit klarzukommen. Nina wollte sich am liebsten Erbrechen. Es war einfach zu viel. Die Begegnung mit Nick wollte sie am liebsten nicht mehr aufschieben. Sie war erschöpft von der Wahrheit. Sie würde heute zu ihm fahren. Weil sie nicht ohne ihn leben wollte und konnte. Es wenigstens versuchen musste.

»Verzeih ihm«, bat Martina.

»Es scheint ihm wirklich leidzutun«, sagte Nina überlegend. Martina nickte zustimmend.

»Ich kann dir nichts versprechen, aber ich werds versuchen.«

»Wie weit bist du schon?«, fragte Martina und Nina brauchte einen Moment, um zu kapieren, was sie meinte.

Wie von selbst legten sich ihre Arme um ihren Bauch.

»6. Woche.« Nina schien über etwas nachzudenken.

»Warum hat sie ... Ich meine warum hat sie sich für dich ausgegeben. Um mich in den Wald zu locken?«

»Auch«, sagte Martina. »Vor allem aber wollten sie, dass du erfährst, welche Herkunft du wirklich hast. Man ist verwundbarer, wenn man keinem mehr hat, den man vertraut.«

»Ich verstehe«, sagte Nina. Vermutlich feierte ihr Vater, im Wald, gerade eine riesengroße Party. Das würde sie ihm nicht gönnen.

Kinderlachen drang an ihre Ohren und lächelnd sah sie sich um. Samuel und das Mädchen kamen gerade lachend durch die Bäume. Benjamin folgte ihnen. Der Fellknäuel kam zu ihr gesprungen und sie kraulte ihn hinter seinen Ohren.

»Nina!« Samuel kam auf sie zu, mit Sophia im Schlepptau. Sie war heute weniger scheu und schenkte Nina sogar ein kleines

Lächeln.

»Wir konnten ihn ein wenig zurückdrängen, aber ich fürchte, er wird bald wieder kommen«, sagte Samuel und reckte sein Kinn in die Höhe. Man sah ihm den Stolz an, den er dabei verspürte.

»Ich bin bereit«, sagte Nina. »Dieses mal bin ich es.«

Martina nickte und Stolz schwang in ihrem Blick mit.

»Zusammen schaffen wir das«, sagte Nina.

Sie winkte ihnen, als sie den Wald verließ, um sich einem unangenehmeren Gespräch, zuzuwenden.

Das Leben ging weiter. Er warf sich in die Arbeit und trank abends zu viel. Er wusste, dass es nicht so weitergehen konnte, aber im Moment hinderte es ihn daran, durchzudrehen.

Er hatte nichts mehr von ihr gehört, seit sie miteinander telefoniert hatten. Sie hatte um Zeit gebeten, darum bekam sie ihre Zeit, in der Hoffnung, dass sie zurückkam. Der Dezember nahm seinen Anfang, das Wetter hielt sich prächtig. Immer noch lagen die Temperaturen im Plus. Ein Berg voller Arbeit stapelte sich auf seinem Schreibtisch. Die Tür ging auf und wieder zu.

Er sah auf und sah Nina dort etwas verloren stehen. Ungläubig sah er in ihr blasses Gesicht. Ihre Augen funkelten wie eh und je. Das Lächeln auf ihren Lippen, war wie ein wärmender Tee für

sein Innerstes. Sie musterte ihn, während er in die Realität zurückkam. »Nina.« Er ging auf sie zu.
Nina küsste ihn auf die Wange. »Können wir reden.«
Belämmert nickte er. Er schwankte zwischen Hoffnung und Glückseligkeit. Er hoffte, dass er dieses »Reden« nicht in den Sand setzte. Sie gingen nebeneinander schweigend zum Haus.
»Ich weiß, ich hätte anrufen sollen«, sagte sie.
»Sei nicht albern.«
Ein Koffer stand vor dem Haus. Ninas Koffer. Soweit hatte er nicht gehofft. Erstaunt sah er sie an. Sie lächelte scheu. So sah Nina also aus, wenn sie verlegen war. Ihr Gesicht nahm einen rosa Farbton an.
»Ich dachte, wir sollten es wenigstens versuchen.«
Einfache Worte, die ihm sehr viel bedeuteten. Mehr als sie ahnen konnte. Er hievte den Koffer ins Haus und stellte ihn an das Ende der Treppe.

Sie ging an ihm vorbei in das Wohnzimmer, setzte sich auf das Sofa und hob ihre Beine hinauf.
»Geht´s dir gut?«, fragte Nick.
»Nein. Und dir?« Er schüttelte den Kopf. Es zu leugnen, würde es nicht besser machen.
»Ich wollte immer, dass es dir gut geht«, sagte er. »Du hast vollkommen recht, ich hätte es dir sagen müssen.«
Sie schloss die Augen. »Du hast mir meinen Namen gegeben?«, fragte sie.
»Ja.« Sein Lächeln, das folgte, galt dieser schönen Erinnerung. »Magst du etwas trinken?«, fragte Nick.
Sie nickte ihm zu. Er holte zwei Gläser mit Saft und reichte ihr ein Glas. Nick musterte sie eine Weile.

»Willst du drüber reden?«, fragte er.
»Ich hab schon mit Martina gesprochen.«
»Das heißt, du weißt jetzt alles?«
»Nicht alles«, sagte sie. »Aber für heut ist es gut.«
Er nickte.
»Ich will keine Entschuldigungen hören. Die bringen mir nichts«, sagte Nina. »Ich denke, wir brauchen nur Zeit. Wenn ich dich frage, ob ich fett bin, weil ich fett bin, dann sagst du gefälligst, dass ich fett bin. Ich kann mit der Wahrheit besser umgehen, als ihr alle denkt.«
Er stimmte sofort zu, weil er alles tun würde, um sie zurückzugewinnen.

Sie legte sich an seine Brust und er nahm sie in den Arm. Er hielt die Luft an und strich durch ihr weiches Haar.
Plötzlich hatte er sie wieder. All die Anspannung, der letzten Wochen, war mit einem Schlag verschwunden.
»Bitte lüg mich nie wieder an«, sagte Nina.
»Nie wieder.« Nick küsste sie auf die Stirn.
Er nahm alles hin. Sogar dass sie am Abend im Gästezimmer verschwand.

Nick lag die halbe Nacht wach und grübelte vor sich hin.
Erst am späten Morgen wurde er wach. Im Haus war es still.
Er lauschte kurz an Ninas Tür, aber es rührte sich nichts.
Einen kurzen Moment hatte er auf dem Weg nach unten die Befürchtung, dass sie wieder gegangen war. Ihre Handtasche lag am selben Fleck.
Genau dort wo sie sie gestern abgestellt hatte. Erleichtert stellte er die Kaffeemaschine an und ging nach oben, um zu duschen.

Als er wieder herunterkam, saß Nina am Tisch und schenkte

ihm gerade eine Tasse Kaffee ein.
»Guten Morgen.« Er küsste sie auf die Wange und setzte sich zu ihr.
»Hast du Hunger?«, fragte er. Sie schüttelte den Kopf.
Nick betrachtete sie und erzählte ihr, an was er gerade dachte.
»Du warst noch so klein, als ich dich zum Ersten mal sah. Du warst plötzlich in unserem Haus und dein Weinen hat mich aufgeweckt, ich fand dich in Pauls altem Zimmer und nahm dich in die Arme.«
Nina hatte ihm zugehört und auch weiter nichts gesagt, als er ihr das erzählte. »Ich war auch nicht ganz ehrlich«, gestand sie.
»Aber es gab einen Grund, warum ich mich zuerst nicht auf dich einlassen wollt.«
Nina betrachtete Nick und wusste nicht, wie er darauf reagieren würde.
»Immer schon hatte ich Probleme eine Beziehung einzugehen oder eine zu führen, ich hatte immer schon Probleme, Nähe zuzulassen, das war bei dir nicht anders«, sagte sie.
Sie stoppte, aber Nick schien nichts dazu sagen zu wollen.
»Ich gab mir die Schuld, weil mein Vater sich nicht für mich interessierte, hab mir eingeredet, dass ich nicht liebenswert genug bin, habe mich nach einem Vater gesehnt, Mario hat sein Bestes getan«, erzählte Nina weiter.
»Ich hab es nie jemanden erzählt, keinem Menschen, aber ich habe meine ganze Kindheit über gelitten.«
Nick stand auf und setzte sich neben den Stuhl direkt neben Nina und nahm ihre Hand. Er lächelte und strich über ihre Wange.
»Es tut mir leid, ich hatte keine Ahnung.«
»Du weißt, dass ich auch auf Frauen stehe?«, fragte sie.

»Ja, Ben hat es mir erzählt.«

Sie nickte. »Ich bin bisexuell. Im Grunde bist du der erste Mann, mit dem ich eine Beziehung führe.«

Er sah sie nachdenklich an. »Was habe ich getan?«, fragte er. »Warum konntest du mir vertrauen?«

Nina schien über seine Frage nachzudenken. »Du hast mir Sicherheit gegeben«, sagte sie.

»Vor allem, gabst du mir das, wonach ich immer gesucht hatte. Du machtest mich ruhig, hast meine Wut verschwinden lassen und ich fühlte mich bei dir Zuhause.«

Nick wischte über seine Augen und Nina strich ihm seine Tränen weg.

»Wenn es das Schicksal wirklich geben sollte, dann bist du meins«, sagte Nina und Nick drückte sie an sich.

Er hatte um Verzeihung gefleht und in diesem Moment verzieh sie ihm. »Es ist in Ordnung«, sagte er und strich über ihr Haar.

»Bist du dir sicher?«, fragte sie.

»Es ist ein Teil von dir. Warum also sollte es nicht in Ordnung für mich sein?«

Noch bevor sie einen weiteren Gedanken fassen konnte, beugte sie sich nach vorne und küsste ihn. Ein sanfter Kuss. Als sie sich löste und sich die beiden ansahen, war die alte Vertrautheit wieder da. Einigen Minuten hielten sie einander fest. Nick war der Erste, der das Wort ergriff.

»Denkst du«, fing er an. »Dass ich mit meinem Bruder reden kann?«

»Ich denke, das ist in Ordnung.«

Sie war erleichtert, dass er ihr alles zu glauben schien. Es machte sie glücklich. Doch war es Zeit, ihm auch von der

anderen Seite zu erzählen. Von der Dunkleren.
Sie erzählte ihm, dass Andreas Steinberg hinter ihr her war.

Fünfzehntes Kapitel

Am nächsten Tag nahm sich Nick frei. Sie verbrachten unbeschwerte Stunden in einem Möbelhaus. Nina hatte sich nun endgültig entschlossen, ihr Leben in Mierlbach weiterzuleben.
Wieso sollte sie es nicht hier versuchen. In München war ihr Leben nicht besonders spannend gewesen. Bei einem Griechen aßen sie zu Mittag.
Eine Stunde später, fuhren sie in Nicks Einfahrt. Sie wurden schon erwartet. Nick schien ebenso überrascht zu sein wie sie.
Mit niemanden hatte sie seit dieser Nacht mehr geredet. Sie sah zu Nick. »Ich hatt echt keine Ahnung«, sagte Nick.
Maria, Viktor, Ben und Katja standen vor der Haustür. Der liebenswerte Ben, der sein Herz am rechten Fleck hatte.
Er sah ihr beschämt entgegen. Bei ihrer Mutter würde es ihr am schwersten Fallen. Ihre Beziehung stand seit Kindesbeinen an unter Hochspannung. Als sie erwachsen geworden war, hatte es sich nicht verändert. Katja sah sie schüchtern an.
»Es tut mir leid«, sagte Katja. »Ich war deine Freundin und hätte es dir sagen müssen.«
Nina schenkte ihr ein zurückhaltendes Lächeln.

»Du fehlst uns, Ben hat kaum noch schlafen können, so sehr hat ihn das mitgenommen. Er würde es zwar nie zugeben, aber du bist ihm sehr ans Herz gewachsen.«
Nina lächelte.
»Wir wollten nicht, dass es dir schlecht geht«, sagte Katja.
Nina legte eine Hand auf Katjas Arm. Sie lächelten sich zu.
Für den Anfang musste es reichen.
   »Kann ich kurz mit dir reden?«, fragte Viktor bittend. Ganz leise hatte er sich zu ihnen begeben. Nina sah seinen flehenden Blick. Es schien ihm, als läge es ihm sehr am Herzen.
Nina zögerte einen Moment, aber stimmte schlussendlich zu.
Im Wohnzimmer setzten sie sich gegenüber und Nina wartete, bis er sich gesammelt hatte. Sie fragte sich, warum es diesem bestimmenden Mann plötzlich so schwerfiel, Worte zu finden.
»Martina war wunderbar, schüchtern und liebenswert und immer hilfsbereit. Die Menschen hier, alle haben sie gemocht, zumindest bis sie sich veränderte«, sagte er.
Viktor hob seinen Kopf und sah Nina eingehend an.
»Wir hätten bei ihr viel eher handeln müssen, verstehst du?«
»Habt ihr gedacht, ich bringe auch jemanden um?«, fragte Nina.
»Wir wollten nur das Richtige tun.«
»Warum sitze ich dann noch hier?«, fragte Nina und verschränkte unwillkürlich die Arme.
Viktors Blick schwenkte zu Nick, der neben Ben und Katja in der Küche stand und gerade Kaffee aufsetzte.
»Versteh«, sagte Nina.
»Ich bin stolz auf ihn«, sagte Viktor schmunzelnd. »Zum Ersten mal hat er sich mir widersetzt und sich rigoros durchgesetzt. Er glaubt dir, und ich scheine es auch langsam zu tun.«

»Du hältst mich nicht mehr für verrückt?«, fragte Nina.
Viktor knetete seine Hände, etwas das Nick auch tat, wenn er nervös war. Zögerlich schüttelte er den Kopf.
»Es tut ihm leid, als er sich an mich wendete, wollte er nur das Richtige tun«, sagte er.
Nina nickte. »Martina hat niemanden umgebracht.«
Viktor nickte. Ihr lag sehr viel daran, dies klarzustellen.
»Damals wussten wir nicht, was Andreas für ein Mensch war. Er hat uns alle getäuscht. Er konnte Menschen manipulieren und Robert machte sich all die Jahre Vorwürfe, weil er nichts mitbekommen hatte, als er wusste, was vor sich ging, regelte er es falsch.«
»Ja«, sagte Nina. »Es war in seinen Augen eine Familienangelegenheit.«
»Mit dieser Schuld kann er nicht leben«, sagte er.
»Er hat nie daran geglaubt, dass Martina ihre Mutter umgebracht hatte und dich einfach zurückließ. Wir haben ihm nur nie geglaubt, auch nach allem nicht, was Andreas getan hatte.«
»Da machte die verrückte Martina mehr Sinn.«
»Es tut mir leid«, presste Viktor hervor.
Sie sah ihm an, wie schwer ihm diese Entschuldigung gefallen war. Der alte Mann senkte seinen Kopf.
»Ich hab ihn geliebt«, sagte er. »Geht es ihm gut?«
»Er wird weitestgehend von seiner Familie verleugnet. Andreas Steinberg quält sie in diesem Wald, ich denke, dass es ihm nicht besonders gut geht.«
Viktor nickte und sie sah die Trauer in seinen Augen. Ihre Hand legte sich auf die seine. Er umschloss sie und strich darüber.

»Er wurde von euch geliebt, als er noch lebte, das weiß er, aber es tut ihm weh«, sagte sie.

Viktor nickte erneut. Es nahm ihn alles furchtbar mit. Nina konnte es sehen.

»Wie starb er?«, fragte Viktor und wischte über sein Gesicht.

»Ich weiß es nicht«, sagte Nina. »Aber ich werde es herausfinden.«

»Er war so wunderbar, so ein spätes Glück für uns.«

»Das ist er«, bestätigte sie.

Sie legte die Arme um ihn und drückte ihn an sich.

Sie würde herausfinden, was genau passiert war, das war sie dieser Familie schuldig. Sie alle hatten danach gehandelt, das Richtige zu tun, das würde sie nun auch. Viktor hatte sie auf die Stirn geküsst. »Willkommen in meiner Familie.«

Nina grübelte gerade über seine Worte nach, als sich ihre Mutter zu ihr gesellte. Sie betrachtete die Frau, die sie ihr Leben lang als Mutter gesehen hatte. Maria erwiderte ihren Blick ungerührt.

»Wie hätten wir dir erklären sollen, dass es okay ist, wenn du mit deinem Onkel schläfst?«, fragte Maria.

»Du warst schon immer sensibel, wir dachten, die Wahrheit würde dir nicht guttun.«

»Ich verstehe es«, sagte Nina. »Als Kind und in meiner Jugend hätte es mich vermutlich zerstört.«

Maria nickte.

»Ich werde mit dieser Gewissheit leben können.«

»Bist du dir wirklich sicher?«, fragte Maria und Nina schwieg. Es war ihr Leben und wie schlimm die Wahrheit auch war, sie musste es leben, es auskosten, weil sie sonst keines hatte.

»*Der Grund für Martinas Tod, bist du*«, *dachte sie unentwegt.*
»*Der Grund warum es dich gibt, ist, weil Martina leiden musste.*«
Ihr Blick fiel auf Nick.
»Mit ihm«, sagte Nina lächelnd. »Mit ihm werd ich es schaffen.«
Maria senkte den Kopf, hob ihn lächelnd wieder.
»Es tut mir leid«, sagte Maria. »Alles, wenn du mir das nicht verzeihst, ist es auch okay, aber verzeih Nick, denn ohne dich ist er nichts.«
»Das hab ich schon«, sagte Nina und Maria stand auf und küsste Ninas Kopf.
Schlussendlich brachen alle auf. Sie nahm sie alle in den Arm. Ben sah sie sichtlich überrascht an. Er war ihr auch sehr ans Herz gewachsen und sie wusste, das er dafür verantwortlich war, dass Nick diese Zeit überstanden hatte. Lächelnd sah sie ihnen hinterher. Zum Ersten mal war ihr Leben für sie in Ordnung. Sie küsste Nick und war froh genau hier zu sein. Bei ihm.

Der Tod hat viele Facetten. Er ist Teil des Lebens, aber oft ungerecht verteilt. Gibt es im Himmel einen Masterplan, der genau, die aus dem Leben reißt, die so verdammt noch mal so sehr daran hängen? Lässt er die am Leben die nichts anderes als Erlösung wollen? In eine Welt, wo es keinerlei Schmerz gab. Nina Steinberg hing vor vielen Jahren an ihrem Leben, wie ein Selbstmordattentäter. Das war ein anderes Leben. Alles hatte sich verändert. Sie wollte für Nick und ihr Baby leben. Mit Nick machte ihr Leben einen Sinn und er machte es schön. Dafür würde sie kämpfen bis auf das Blut.

Alles machte Sinn. Nina war keine Sekunde misstrauisch gewesen, als sie Theresia die Tür geöffnet hatte. Die Waffe in ihrer Hand hatte sie zu spät gesehen. Theresia schien zu allem bereit. Ihre leeren, kalten Augen, konzentriert auf sie gerichtet.
Immer noch liebte sie Andreas Steinberg. Theresia würde alles für ihn tun. Ninas Atem ging schnell. Sie konnte es einfach nicht realisieren, was gerade passierte.
»Theresia, bitte, das willst du nicht.«
»Du hast keine Ahnung, was ich will«, sagte Theresia.
»Du warst es schon immer, du musstest immer mein Leben kaputtmachen.«
Nina zog die Augenbrauen zusammen. Was sollte Nina ihr Schreckliches angetan haben?
»Ich lieb ihn, du musst es verstehen«, sagte Theresia.
»Liebe«, sagte Nina. »Ich weiß, dass du ihn liebst, ansonsten hättest du ihn die ganzen Jahre nicht geschützt.«
Irgendwann, da war sich Nina sicher, hatte sie die Augen vor den Taten ihres Mannes, nicht mehr verschließen können. Wie konnte sie annehmen, dass ein 14-jähriges Mädchen ihren

Bruder verführt hatte. Hatte sie sich auch das all die Jahre eingeredet? So den Hass entwickelt, der unumstößlich in ihren Augen stand.

Theresia dirigierte sie zu Tür und Nina blieb nichts anderes übrig, als mitzugehen. Sie stiegen ins Auto und fuhren los.

Nick starrte auf die offene Haustür. Er stieg die Treppe hoch, und fand auch dort nichts Weiter als leere Zimmer vor.
Er zog sein Handy heraus und rief Nina an.
Das Läuten kam von unten. Ihr Handy lag unberührt auf dem Wohnzimmertisch. Er suchte nach ihrer Handtasche. Sie lag am selben Platz, wo sie Nina immer abstellte. Ihre Autoschlüssel und Geldtasche waren darin. All ihre Jacken hingen am Haken. Er spürte die Gänsehaut, die sich langsam über seinem Nacken ausbreitete. Er zog sein Handy heraus und wählte die Nummer seines Vaters. Er stand immer noch im Flur, als er, Ben und Katja eintrafen. Seine Gedanken fuhren Achterbahn, er wusste nicht, was Nick denken, oder machen sollte. War heute irgendetwas ungewöhnlich gewesen? Ben legte beruhigend eine Hand auf seinen Arm. »Keine Angst, wir finden sie«, sagte Ben.
Nick wusste es besser. Sein ungutes Gefühl würde immer mehr bestärkt. Schon seit er das Haus betreten hatte, lag eine Gänsehaut auf seiner Haut. Langsam kroch sie über seine Glieder

und er merkte, wie die Energie aus seinen Knien wich.
Sie könnte spazieren gegangen sein, aber er glaubte nicht daran. Im Grunde, wusste er, dass heute noch etwas Schlimmes passieren würde.

Wohin Theresia sie wohl brachte? Irgendetwas musste Nina tun. Die Waffe lag auf ihren Beinen. Woher hatte sie sie? Plötzlich sah sie aus den Augenwinkel, etwas auf der Rückbank auftauchen. Ihr Herz war plötzlich nicht mehr so schwer. Martina würde ihr helfen. Martina legte einen Finger auf ihren Mund. Sie nickte ihr kaum merklich zu. Mit ihrer Hilfe würde sie diesem Albtraum entkommen. Martina löste sich wieder auf. Nach einiger Zeit fuhren sie auf einen Feldweg.

Kurz darauf hielten sie. Theresia stieg aus, öffnete die Beifahrertür und hielt ihr die Waffe entgegen.
»Aussteigen«, sagte Theresia. Nina tat es. Was blieb ihr auch anderes übrig?

Der Wald breitete sich düster vor ihr aus, als sie ihn betraten. Mitten hinein, wo es kein Entkommen mehr gab. Dorthin, wo Andreas Steinbergs Zuflucht war. Nahe am Bach.
»Los«, sagte Theresia nachdrücklich und Nina marschierte los. Wenn sie auch lange ihren Vater herbeigesehnt hatte, dieses mal würde sie gegen ihn kämpfen müssen. Sie würde es. Mit allem

was ihr zur Verfügung stand. Schließlich wollte sie dieses Baby und Nick. Mit jeder Faser ihres Herzen, sehnte sie sich danach.
Sie würde für ein Leben mit Nick kämpfen, den Mann, den sie liebte. Diese Erkenntnis schlug plötzlich wie ein Hammerschlag auf sie ein. »Schneller«, sagte Theresia.
Ihre Entschlossenheit würde Nina nicht stoppen können.
Hätte sie es Nick nur gesagt. Sie beschleunigte ihre Schritte, als sie Theresia nach vorne schubste. »Geh weiter«, sagte sie.
Es wurde dunkler und kälter. Nina legte ihre Hände um ihre Schultern. Die Kälte drang bis in ihr Innerstes. Nina kannte diese grausame Kälte zur Genüge. Sie betraten gerade sein Reich. Jede Faser ihres Körpers sträubte sich, weiterzugehen. Immer weiter schritten sie in den Wald hinein und Nina war dagegen völlig machtlos.

Sie konnten nicht hier sitzen und nichts tun. Wo sollten sie suchen? Welch anderer Ort, würde dafür in Frage kommen, außer der Wald? Wem hatte Nina die Tür geöffnet?
Plötzlich änderte sich die Stimmung im Raum und ein Gefühl zog Nick in den ersten Stock. Entschlossen ging er zur Treppe.
Stufe für Stufe ging er hinauf. Ben, der am Fuß der Treppe auftauchte, sah zu ihm hoch. Nick winkte ab und Ben blieb auf der Stelle stehen. Wachend über seinen besten Freund.
Martina stand am Fenster seines Schlafzimmers.

Er war selbst überrascht, wie realistisch sie für ihn war. Schüchtern sah sie ihm entgegen. Ihm fiel die Ähnlichkeit zu Nina auf. Hatte er fast vergessen, wie Martina ausgesehen hatte?

»Hallo, Tina.« Ein Lächeln umspielte ihre Lippen.

»Warum, kann ich dich …«

»Sehen?«, fragte sie. »Weil ich es will.«

Sie ging auf ihn zu und legte eine Hand auf seine Schulter. Es fühlte sich seltsam an, es war warm und kalt zugleich.

»Du musst sie retten, denn nur du allein kannst es.«

Er nickte ihr zu. »Kannst mir sagen, wo sie ist«, fragte er.

»Ich kann es dir zeigen.«

Er nickte ihr zu. Sie hingegen schien ihn eingehend zu betrachten. Eine Hand legte sich auf seine Wange.

»Eines hat sie dir verschwiegen«, sagte sie. »Ich denke, du solltest es wissen.« Er nickte leicht, machte sich gefasst darauf.

»Sie ist schwanger.«

»Schwanger!«, rief Nick fassungslos und überrascht zugleich aus. Martina nickte. Immer schon wollte er Kinder haben. Benommen sah er umher. Das Schlafzimmer begann sich zu drehen. Er wusste, dass er nicht versagen durfte. Denn er wusste, Nina war in großer Gefahr. Sie wollten sie haben. Andreas hatte das von langer Hand geplant. Da war sich Nick sicher. Darum hatte er Nina das Haus vererbt. Er war so ein Idiot. Denn Nick selbst hatte sie dort hingebracht. Es war alles seine Schuld.

Er musste das wieder in Ordnung bringen. Er fokussierte seinen Blick auf Martina. »Ich versteh«, sagte Nick.

»Es ist höchste Zeit«, sagte sie, ging zur Tür und löste sich in Nichts auf.

Es war eine gefühlte Ewigkeit her, seit sie an diesen Baum gebunden worden war. Theresia ging durch die Bäume.
Wie es aussah, zog sie einen großen Kreis mit einem rot-braunen Pulver, in dessen Mitte Nina saß. Neben ihr steckte ein großes Kreuz umgedreht in der Erde. Was hatte das zu bedeuten?
Nina war dabei nicht wohl. Theresia bewegte sich wie ferngesteuert. Nicht menschlich. Sie wusste nicht, ob sie es aus freien Stücken tat. Vermutlich nicht. Wie hatte sie all die Jahre, zu diesem Mann halten können. Die Augen verschlossen, vor seinen Taten. Angefangen mit Martina. Ihrer Mutter. Seiner eigenen Schwester. Ebenso seiner eigenen Mutter. Wie hatte Theresia ihm ein Alibi geben können, obwohl sie geahnt haben musste, was er getan hatte?
Andreas Steinberg trat zwischen den Bäumen hervor und hatte ein furchterregendes Lächeln auf den Lippen. Nina bekam eine Gänsehaut. Das würde nicht gut für sie ausgehen. Das reine Böse war hier zu spüren. Andreas hob seine Arme in die Höhe und Nina riss die Augen auf. Eine Frau in einem türkisen, langem Kleid kam hinter ihm hervor. Ihr blondes Haar war streng nach hinten gebunden. Ihre blauen Augen, starrten sie mit eisiger Kälte an. Die Frau, die sich für Martina ausgegeben hatte.
Sie kam direkt auf Nina zu. Als sie nahe genug war, kniete sie sich zu ihr. Nina starrte auf das Messer, das sie hinter ihren Rücken hervorzog. Unaufhaltsam kam es auf Nina zu. Was würde mit ihr passieren? Schließlich glitt es an ihre Kehle. Sie spürte das kalte Metall. Der Druck auf ihren Hals wurde stärker. Ein fürchterlich, grausames Lächeln lag um ihre Lippen.
»Sag, leb wohl zu deinem Körper, liebe Nina«, sagte Andreas und trat hinter sie. Nina starrte zu ihrem Vater auf.

»Du hättest nie hierherkommen dürfen«, sagte Andreas.
In diesem Moment sah sie das andere Gesicht ihres Vaters. Das Gesicht, wie er die Menschen all die Jahre täuschen konnte. Wäre da nicht diese Leere in seinen Augen. Nina sah es. Viele hatten es wohl nicht. Die Frau lachte auf und Nina schloss die Augen. Einen Moment später spürte sie das Blut, das ihren Hals hinunterlief. Oh Nick. Hätte ich mich nur von ihm verabschieden können. Ihn noch einmal sehen. Sie fiel zurück, und überließ sich ihrem Schicksal.

Martina bewegte sich auf die Bäume zu. Er folgte ihr.
»Beeil dich«, flüsterte sie.
»Warum brauchen sie Nina?« Sie eilten Seite an Seite weiter.
»Ihr Körper ist ein Medium, sie können ihn für ihre Zwecke einsetzten«, sagte Martina.
»Du meinst, sie wollen ihren Körper benutzen.«
»Ja, sie wollen mehr Macht«, sagte sie.
»Sie können ihre Gestalt verändern?«, fragte Nick.
Martina nickte. »Sie können sich in die Gestalt eines jeden Toten verwandeln. Aber das reicht ihnen nicht. Sie wollen einen lebenden Körper.«
»Was meinst du mit wir? Ist es nicht nur Andreas?«, fragte Nick.
»Nein. Es gibt noch eine Frau. Eine Frau aus meiner Blutlinie,

die schon sehr viel länger hier ist. Sie hat damals, als ich noch lebte, versucht in meinen Körper, zu fahren. Sie hat mich beeinflusst.«

»Darum hast du dich verändert«, stellte er fest. »Wir hätten dir glauben sollen.«

»Das ist vorbei«, sagte sie und winkte ab. »Jetzt ist einzig und allein Nina wichtig.«

Nick sah sich um. Es konnte nicht mehr weit sein.

»Was kann ich tun, um das zu verhindern.«

»Du wirst deine ganze Liebe für sie brauchen und einen starken Willen«, sagte sie.

Im selben Moment konnte er nicht mehr weiter gehen. Es war, als wäre er gegen eine Wand gerannt. Er hob die Hände und tastete in der Luft. Was ging hier vor? Es war, als wäre wirklich eine Wand vor ihm, die er nicht sehen konnte. Egal wie sehr er versuchte diese, zu durchbrechen, er schaffte es nicht. Martina schien es keine Probleme zu bereiten. Mühelos glitt sie an ihm vorbei. Ihre Hand deutete nach unten und nun erst sah Nick diese rot-braune Linie.

»Eine einfache Bannlinie, kein Lebender kann sie übertreten.«

»Das macht es nicht gerade leichter«, sagte Nick. Hilflos sah sie zu ihm. Selbst sie konnte nichts dagegen ausrichten.

»Was soll ich nur tun«, sagte Nick und ging an der Linie entlang. Er konnte ein paar Gestalten hinter ein paar Bäumen entdecken. Er blieb stehen und kniff seine Augen zusammen, um in der Ferne besser sehen zu können. Die blonde Frau war definitiv seine Schwester. Was machte sie hier? Oder besser gesagt, wo war sie die letzte Zeit gewesen? Hatte Andreas immer noch Macht über sie? Jemand lag am Boden. War das Nina?

»Keine Angst, sie brauchen sie lebend, aber ich vermute, dass wir zu spät sind.«

»Wir können nicht zu spät sein«, sagte Nick. Nick war verzweifelt und hilflos. Sein Handy klingelte, aber er nahm es nicht weiter wahr.

Theresia kam nun auf sie zu. In ihrem Blick merkte er, dass irgendetwas nicht stimmte. Irgendwie wirkte sie tot, wie abgestorben. Er wusste, dass sie seine einzige Chance war.

Irgendwie musste er sie überzeugen, dass sie ihm helfen musste. Nick erschrak und hob die Hände, als sie plötzlich eine silberne Waffe auf ihn richtete. Sein Herz setzte einen Moment aus. Mit Tränen in den Augen starrte sie zu ihrem kleinen Bruder auf.

»Bitte, Theresia, das willst du nicht«, sagte Nick.

»Ich kann nichts dagegen tun«, sagte sie und zielte genauer auf ihn. Wer hatte ihr beigebracht eine Waffe zu halten? Was war ihnen noch entgangen? In ihren Augen bildeten sich Tränen. Ihre Hände zitterten wie Espenlaub, als sie versuchte die Waffe gerade, zu halten. Für ihn sah es wirklich so aus, als würde sie gegen sich selber kämpfen.

»Nina hätte nie hierherkommen dürfen«, sagte Theresia. Nick suchte ihren Blick. »Du hast keine Ahnung, wie er wirklich ist.«

»Nimm die Waffe runter und lass uns reden, es gibt für alles eine Lösung.«

Sie starrte durch ihn hindurch.

»Weißt du, warum er mich im Wald angegriffen hat?«, sagte Theresia. Verbittert sah sie zu ihm auf. »Weil er mich brauchte. Er sagte mir, was ich zu tun hatte und wann ich es tun sollte. Nach allem was ich für ihn getan hatte. Nicht mal an seinem Ende, hatte er ein Fünkchen Liebe für mich übrig, er benutzte

mich immer und überall, auch in seinem Tod.«
»Es tut mir leid, Theresia«, sagte Nick ehrlich berührt.
»Und ich konnte nie etwas anderes, als ihm zu glauben, ich kann es auch jetzt nicht, ich kann einfach nicht«, sagte Theresia.
»Ich weiß.«
»Ich lieb ihn.«
Nick senkte die Arme. »Deine Familie liebt dich. Ich liebe dich. War dir das so wenig wert?«
Mit Tränen verschleierten Augen, sah sie zu ihm hoch.
»Er hat Samuel umgebracht«, sagte Nick.
»Ich weiß«, sagte Theresia. »Ich hab es immer gwusst.«
»Und Sophia und Benjamin! Er ist nie dafür bestraft worden.«
Theresia hob ihre linke Hand und wischte sich die Tränen fort.
»Wusstest du auch, dass er mit Lisa geschlafen hatte? Es ging über Monate mit den beiden«, sagte Theresia.
Für Nick war es eine Neuigkeit.
»Ich habe sie gesehen. Wie er sie angesehen hat. Ich wünschte, er hätte mich einmal so angesehen. Nur einmal.«
»Ist Lisa darum im Wald gestürzt? Hat er sie angegriffen?«, fragte Nick.
»Nein. Er hat sie nicht angegriffen. Er hat sie geliebt. Er wollte ihr sagen, dass er noch da war.«
Für Lisa musste das eher ein Schock gewesen sein. Theresia atmete tief durch. Sie sah zu Nick. Er wusste, dass sie gerade ihre Entscheidung traf. Nick war machtlos. Hier an Ort und Stelle gefangen.
»Es tut mir leid«, sagte sie.
   Theresia drückte ab. Nick schrie auf. Er fiel zurück, an den nächsten Baum und rutschte daran hinab. Hob seine Hand an

seine Brust und sah auf das Blut, das sich langsam auf seinem gesamten Oberkörper ausbreitete. Martina kniete sich neben ihn.
»Ohne dich ist sie verloren«, sagte Martina und strich über seine Wange. Er wollte etwas sagen, aber ein Schwall voller Blut, der gerade durch seinen Mund kam, hinderte ihn daran. Er spuckte ihn regelrecht heraus. Das konnte nicht so enden.
»Du musst sie retten«, sagte Martina. Er nickte ihr zu.
So hatte sein Tod einen Sinn. Wenn sie nur weiterleben würde.
War das von Anfang an sein Schicksal? War sie wirklich sein Schicksal? Hatte er sie darum immer geliebt?
Wenn es ihr Leben retten würde, war er dazu bereit.

Allmählich umschloss ihn Kälte. War es so auch bei seinem Bruder gewesen? Nick hoffte, dass er keine Schmerzen gehabt hatte. Zumindest fühlte er nichts weiter, als eine Leichtigkeit, die ihn mehr und mehr einnahm.

Er sah zu Martina hoch, die nicht von seiner Seite wich. Lächelnd umschloss sie seine Hände, die er ganz klar auf seiner Haut spürte. Er war froh nicht alleine zu sein.
Und wenn es schon nicht Nina war, dann eben ihre Mutter, die ihr so ähnlich war. Bereit schloss er die Augen und merkte wie Wärme, der Kälte wich. Er würde seinen Bruder wiedersehen.
Schon bald wäre er an seiner Seite sein und für ihn da sein.
Sein Gesicht kippte zur Seite, als das Leben aus ihm wich.

Sechzehntes Kapitel

Nina eilte durch den Wald. Vor sich sah sie eine Gestalt. Zögernd ging sie darauf zu. Hinter einem Baum ging sie in Deckung und betrachtete sie eingehender. Sie erkannte sie. Nina wagte sich näher heran. Plötzlich sah sie hämisch grinsend auf.
»Komm näher, Nina.« Ihr blieb nichts anderes übrig, als auf sie zu zutreten.
»Du fragst dich sicher, warum das alles passiert.«
Ein paar Schritte. Betrachtend ging sie um Nina herum.
»Ich werde dir eine Geschichte erzählen, danach wirst es vielleicht verstehen«, sagte die Blonde.
Nina hielt die Luft an. Wie gebannt starrte sie in das bleiche Gesicht.
»Vor über hundert Jahren entflammte ich in Liebe zu einem Mann. Johannes von Sturm war ein stattlicher Mann. Ich dachte, er würde mich auch lieben, aber er lachte nur über mich, als er von mir genug hatte«, erklärte sie weiter.
Sie blitzte Nina an, sodass Nina erschrocken zurückwich.
»Er ließ mich fallen und stand nie zu seinem Kind in meinem Leib. Meine Familie jagte mich von Zuhause fort.«

Nina nickte und verstand plötzlich.
»Du hast das Haus im Wald erbaut«, sagte Nina.
Helene Steinberg lächelte und klatschte in die Hände.
»Ich wollte Rache und bekomme sie, bis heute. Eine Helene Steinberg vergibt nie.«
Helene trat ganz nah an sie heran. »Seitdem nähre ich mich an meinem Blut«, flüsterte Helene.
»Nie werde ich vergessen, was er mir angetan hat. Auch du hast sein Blut in dir.«
»Darum Samuel«, sagte Nina.
»Es war ein Glücksfall«, sagte Helene. »Ich habe sofort gewusst, wer er ist.«
»Ich verstehe«, sagte Nina. »Warum musste Sophia sterben?«, fragte Nina.
»Andreas wollte sie haben, ich tat ihm den Gefallen.«
»Warum zum Teufel, der kleine Hund?«, fragte Nina.
»Warum nicht?«, sagte sie mit einem Lächeln und drehte sich um.
»Martina hatte recht. Du hast du sie beeinflusst? Der Angriff auf ihre Mutter, das warst alles du«, sagte Nina.
»Martina war nie so stark wie du, bei ihr war es einfach.«
»Du irrst dich«, sagte Nina. »Martina war stark, bevor ihr Bruder sie nach und nach zerstörte. Vermutlich bist auch du dafür verantwortlich.«
»Sagen wir, ich habe ihn in seinen Vorlieben bestärkt«, sagte Helene. Noch immer richtete sie Schaden an und beeinflusste ihr Blut. Nina würde die Nächste sein, die schlimme Dinge tun würde. Doch war sie bereit, dagegen anzukämpfen, solange sie es konnte. Nina senkte ihren Kopf, als Helene sich entfernte.

Mühelos glitt er über die Linie. Theresia war nicht mehr hier. Martina trat neben ihn, ein kleines Lächeln umspielte ihre Lippen. Einen Moment sah er zurück. Sah sich selbst regungslos am nächsten Baum liegen, aber das war Vergangenheit.
Wenn das alles nun einen Sinn haben musste, musste er Nina retten. Er lief los. Er war erst ein paar Schritte gegangen, als eine blonde Frau seinen Weg kreuzte. Sie war wunderschön. Ihre Augen drangen bis in sein Innerstes und ließen ihn frösteln.

Mit hocherhobenem Haupt blieb sie stehen, als sie an Nick herantrat. »Wo ist Nina?«, fragte Nick.
Das Mädchen musterte ihn, ohne eine Antwort zu geben. Ihr Lächeln machte ihn wütend. »Sie gehört jetzt mir«, fauchte Helene. Nicks Nacken bekam eine Gänsehaut, er hatte bisher keine so kalte, emotionslose Stimme gehört, wie die ihre es war.
»Das werden wir noch sehen«, sagte Nick.
»Herzlich willkommen, Dominik«, sagte eine männliche Stimme, als Nick sich umwandte, sah er in die dunkelgrünen Augen von Andreas Steinberg. Ninas Augen.
»Ich habe mir schon gedacht, dass du uns heute noch besuchst«, sagte Andreas.

Er sah sie. Nina lag hinter Andreas Steinberg auf dem Boden. Nick lief los und würde sich von niemanden abhalten lassen, aber es versuchte auch niemand.
»Oh Gott, Nina«, sagte Nick, versuchte sie in seine Arme, zu ziehen, aber er konnte sie keinen Millimeter bewegen.
»Verdammt«, fluchte Nick.
Andreas Lachen drang bis in seine tiefsten Poren.
»Egal was du versuchst um sie zu retten, du wirst es nicht schaffen«, sagte er und kam auf sie zu.

»Es war schon immer ihr Schicksal.«

»Das du ihr auferlegt hast«, sagte Nick und stand auf.

»Hast du ihr noch nicht genug angetan, ihr und ihrer Mutter, und meiner Familie.«

Um Andreas Gesicht lag ein Grinsen. Nick ballte seine Faust um nicht sofort auf ihn loszuspringen. Wie in hohem Maße er ihn verabscheute und es zu jeder Zeit getan hatte.

»Du bist es gewesen«, sagte Nick.

Es lag so klar vor Nick. Warum hatte er es früher nicht begriffen? Der Schmerz kam mit aller Kraft zurück. Selbst nach seinem Tod war er wahrhaft brutal.

»Natürlich habe ich das, ich frage mich nur, warum euch das nicht schon immer klar war«, sagte Andreas.

»Du hast meine Schwester manipuliert, wie alle anderen in deinem Leben.«

»Theresia war immer so leicht um den Finger zu wickeln, ich musste ihr nur vorgaukeln, wie sehr ich sie liebe. Wie blöd sie war«, sagte Andreas.

Helene lachte ebenso auf. »Ja, das war sie«, sagte sie und sah auf Nick. »Die beiden waren ein leichtes Opfer, im Gegensatz zu Nina.«

Nick sah auf Nina hinunter. »Wie bildschön sie ist, nicht wahr«, sagte sie, »ich werde eine helle Freude daran haben, ihren Körper zu benutzen.«

»Nicht, wenn ich es verhindern kann«, sagte Nick.

Helene trat näher an Nick heran. Er sah in ihre Augen. Es schüchterte ihn nicht ein. Im Gegenteil, er streckte seinen Körper und bot ihr so die Stirn.

»Egal was du tust, du wirst nichts ausrichten können, weil ich es nicht zulassen werde«, sagte Helene.

War sie es, die für alles verantwortlich war? Spukte sie seit Jahrzehnten in den Wäldern? War sie der Grund, warum man den Kindern verbot in den Wald zu gehen? War es so von Generation zu Generation weitergegeben worden?

»Ja, Dominik, ich bin es. Andreas war nur eine Puppe für mich«, sagte Helene. Andreas trat näher an Nina heran und Nick tat es ebenso.

»Lasst sie verdammt noch mal in Ruhe«, zischte er die Beiden an.

Nick hatte keine Angst vor ihnen, auch nicht als die Blonde auf ihn zukam. Nick sah sich um, nach einem Ausweg, oder irgendeinen Anhaltspunkt. Was konnte er tun? Martina war ebenso verschwunden, wie es seine Hoffnung war. Er wusste, dass er alles tun würde um Nina vor ihnen zu schützen.

Neben Nina steckte ein umgekehrtes Kreuz in der Erde, Blut lief daran herab. Es versickerte in der Erde. Ninas Blut. Die Wunde auf Ninas Hals war längst getrocknet und sah nicht lebensbedrohlich aus. Was war es dann, was sie schlafen ließ? Er nahm ihre Hand in seine und strich sanft darüber. Sie war furchtbar kalt.

Helene hob die Hand und Nick spürte mit einem Mal eine Barriere, die ihn zurückdrückte. Mit aller Kraft kämpfte er dagegen an, aber er konnte nicht verhindern, dass er immer mehr von Nina wegtrieb. Verzweifelt streckte er die Hände nach ihr aus. Helenes Macht konnte er nichts entgegensetzen.

Er fiel rücklings auf den Boden. Wie konnte das möglich sein? Warum hatte sie eine solche Kraft? Warum war er zu schwach, um dagegen ankämpfen zu können? Er würde alles tun, um Nina in Sicherheit zu bringen.

Aus heiterem Himmel streckte sich eine kleine Hand in sein Blickfeld. Samuel lächelte ihm zu, als Nick nach seiner Hand griff und er ihm auf die Beine half. Gefühle brachen bei ihm auf, die er lange verdrängt hatte.

»Sam«, sagte Nick und nahm ihn in die Arme. Samuel lachte auf. Ein Hund bellte, als Nick den Kopf hob, sah er Benjamin mit dem Schwanz wedeln. Er strich über seinen Kopf und er bellte erneut auf. Martina stand hinter einem kleinen, rothaarigem Mädchen. Sophia. Trotz allem spürte er Glück. Er hatte niemals erwartet seinen kleinen Bruder noch ein einziges Mal, zu sehen.

»Wir können sie eine Weile zurückdrängen, du wirst deine ganze Kraft brauchen, um sie hier raus zubringen«, sagte Martina.

Nick sah zu Nina und nickte ihr entschlossen zu.

»Ihr habt nicht lang Zeit«, sagte Samuel. Nick wusste, dass er nicht versagen durfte. »Bereit?«, fragte Martina.

Nick sah zu seinem Bruder, wollte ihm etwas sagen.

»Wir werden uns wiedersehen«, versprach er und Nick war erleichtert.

»Los«, schrie Martina und er rannte auf Nina zu. Er spürte wiederum die Blockade, mit jedem Schritt, kämpfte er mehr dagegen an. Nina kam immer näher. Ein paar Schritte mehr. Hatte er ihr genug gezeigt, wie sehr er sie liebte? Er glaubte nicht, dass sie es begriffen hatte. Er wollte, dass sie wusste, wie sehr sie von ihm geliebt wurde. Hoffentlich hatte er noch die Möglichkeit dazu. Niemand würde ihn aufhalten.

Er bekam ihren Arm zu fassen und beugte sich über sie.

»Vertrau mir, ich bringe dich hier raus«, sagte Nick und strich ihr eine Haarsträhne aus dem Gesicht. Aus den Augenwinkeln nahm er wahr, wie Helene und Andreas nach hinten auswichen. Unverhofft war es kinderleicht, Nina auf seine Arme zu nehmen. Ein Blick auf seinen Bruder erhaschend, rannte er auf die Grenzlinie zu. Problemlos kamen sie darüber hinweg.

»Nick.« Es war ein Flüstern. Nick senkte den Kopf. Nina sah ihn mit ihren wunderschönen, grünen Augen an.

»Hi«, sagte er und küsste sie auf die Stirn.

Vorsichtig stellte er sie auf den Boden. Ihre Arme schlossen sich um ihn. Sie betrachtete ihn eingehend, sah durch die Bäume, erneut zu ihm. Ihr Lächeln verschwand von ihrem Gesicht, als sie es begriff.

»Nein«, flüsterte sie.

Er sah es in ihren Augen. Wie sie ihren Glanz verloren, den er so sehr liebte. »Es ist in Ordnung«, sagte er.

»Das darf nicht sein.« Nina schluchzte auf.

»Du darfst nicht tot sein, ich brauch dich, ich lieb dich.«

»Ich weiß«, sagte Nick und wischte ihre Tränen weg.

Eine Hand legte sich auf ihren Bauch. »Ich weiß es, Nina.«

»Ich werde weiterleben«, sagte er lächelnd. »In unserem Baby.«

»Nein«, sagte sie fassungslos.

»Nina, wir müssen hier weg«, sagte Nick und nahm ihre Hand. Er küsste sie.

»Ich werde immer bei dir sein«, sagte er. Hand in Hand eilten sie los und ließ ihr keine Zeit mehr, über ihn zu trauern.

Die Nacht war ein einziger Albtraum. Und sie nahm kein Ende. Niemals im Leben hatte er geglaubt, dass Ben seinen besten Freund irgendeinmal wiederbeleben musste. Nick war gegangen, ohne ihnen Bescheid zu sagen. Als sie das feststellten, hatten sie sich sofort ins Auto gesetzt und waren zum Wald gefahren. Was, wenn sie nicht nach ihnen im Wald gesucht hätten?
Er wäre sicherlich tot. Keine Rettung mehr möglich.

Katja hatte an seiner Schulter geweint, während er versucht hatte stark zu sein. Warum war Nick alleine aufgebrochen?
Weil man ihn nicht hätte davon abbringen können.
Nina war etwas Besonderes für ihn. Seit Längerem gehörte sie zu seinem Leben. Um sie zu retten, hätte er alles getan. Warum hatte er sich nicht helfen lassen? Ben wäre sofort mitgegangen.
Zum Glück waren sie ihrer Ahnung gefolgt und hatten ihn gesucht. Es schien an ein Wunder zu grenzen, das sie ihn, sobald gefunden hatten. Ihm war, als hätte er eine Kinderstimme flüstern hören, die sie zu Nick geleitet hatte. Nick war operiert worden und es stand bitter um ihn. Nina war ohne Bewusstsein.
Sie hatte keine Kopfverletzungen erlitten. Eine tiefe Wunde prangte auf ihrer Schulter, die genäht worden war. Was war passiert? Wer hatte auf Nick geschossen?

Er stand auf, legte eine Hand auf Viktors Schulter. Dieser sah gebrochen und steinalt aus. Viktor hatte es nicht einmal geschafft, Nicks Mutter, Juliane, anzurufen. Ben hatte ihm das Telefon aus der Hand genommen und das übernommen.

Juliane war völlig aufgelöst in den Warteraum gekommen. Maria war sofort aufgestanden und hatte sie in die Arme geschlossen. Danach hatte sie sich zu ihrem Exmann gesetzt. Viktor hatte sofort nach ihren Händen gegriffen und hielt sie fest umklammert.

Bald konnte Ben es nicht mehr ertragen. Mit der Ausrede Kaffee zu holen, verließ er den Raum. Auf der Toilette, beugte er sich über das Waschbecken und klatschte sich kaltes Wasser in das Gesicht. Er wusch das Blut von seinen Händen. Nicks Blut. Ben kämpfte mit den Tränen, starrte in sein blasses Gesicht im Spiegel. Warum hatten sie es nicht verhindern können?

In Gedanken versunken, trat er auf den Flur und traute seinen Augen kaum.

Nina stand mitten im Flur. Ihr Haar verdeckte ihr Gesicht. Sie schien, als wäre sie dort fest gebrannt.

Vorsichtig ging er auf sie zu. »Nina.« Er brachte nicht mehr, als ein Flüstern heraus. Sanft strich er ihr die Haare nach hinten, sah in ihre feuchten Augen. Er sah Verzweiflung darin aufblitzen.

»Ich muss zurück zu ihm. Ich weiß nur nicht wie«, sagte sie.

Ihr aufschluchzen brach ihm fast das Herz.

»Du kannst nicht zu ihm«, sagte Ben. »Er wurde gerade operiert.«

»Du verstehst nicht«, sagte sie. »Ich muss ihn zurückholen, ansonsten bleibt er dort.«

Ben zog sie in seine Arme. Er hatte keine Ahnung, was sie meinte, nicht im Entferntesten.

»Ich muss zu ihm«, sagte sie.

Im nächsten Moment kam eine Schwester auf sie zu. Ben hob Nina hoch und er trug sie in das Zimmer, das sie ihm zeigte.

Sachte strich er über ihr Haar, während die Schwester eine Spritze aufzog. Nina starrte an die Decke. Er blieb an ihrer Seite, bis sie ihre weit aufgerissenen Augen schloss. Setzte sich neben das Bett auf den Stuhl. Bedrückt hielt er ihre Hand. Wenn er schon nicht für ihn da sein konnte, würde er es eben für sie sein.

Die Frau, die Nick schon immer geliebt hatte und immer lieben würde.

Nina lief durch die Bäume. Sie spürte Nick ganz in der Nähe. Irgendwo hier musste er sein. Es war nichts Wichtiger, als ihn zurückzuholen. Mit jeder Faser ihres Körpers spürte sie es. Seine Zeit war nicht vorbei. Er fand nicht den Weg zurück. Sie war plötzlich von ihm weggetrieben worden. Unfähig hatte sie das mit ansehen müssen. Als Nächstes wachte sie im Krankenhaus auf.

Warum war sie so stark und konnte den Beiden, solange widerstehen? Sie hatte sich selbst immer anders eingeschätzt. Oder war es Nick, der ihr diese Kraft gegeben hatte? Plötzlich verstand sie es. Den Sinn ihres Daseins. Zumindest warum ihr Leben plötzlich so lebenswert erschien. Vermutlich hatte sie schon immer von ihrer Gabe gewusst. Wenn sie darüber nachdachte, wurde ihr klar, dass sie schon als Kind etwas wahrgenommen hatte. Sie hatte es nur nicht zugelassen. Ihr Selbstmitleid hatte sie weit mehr beschäftigt. Sie empfand plötzlich nur noch Scham über ihr Verhalten. Immer hatte sie ihrer Mutter nur Missempfindungen entgegengebracht. Obwohl sie alles für Nina getan hatte. Sie wünschte, sie könnte es ungeschehen machen, aber damit würde sie leben müssen. Ihre Kindheit war nicht so schlimm, wie sie es immer behauptet hatte. Maria war ihr immer eine gute Mutter gewesen. Mario ein wunderbarer Vater. Im Grunde hatte ihre Mutter dafür gesorgt, dass es ihr an nichts fehlte. Sie beschützt, vor allem vor ihrem Vater.

Andreas und Helene kamen durch die Bäume. Ihr Vater, den sie immer gehasst hatte. Sie empfand nur noch Ekel für ihn.

»Wo ist er?«, fauchte Nina. Aufrecht trat sie den Beiden entgegen.

»Hier bei mir, ich lasse ihn nicht mehr frei«, sagte Helene.

»Das werd ich nicht zulassen.«

Nina hob den Kopf, bereit alles, zu tun. Ein spöttisches Grinsen legte sich auf sein Gesicht.

»Komm«, sagte Andreas und streckte die Hand aus.

»Wenn du mit uns gehst, lassen wir ihn gehen, das versprech ich dir.«

»Ein Versprechen aus deinem Mund?«, fragte Nina verächtlich.

»Du wirst mir Vertrauen müssen.«

Ein Zögern durchfuhr sie. Was waren ihrem Vater Versprechen wert? Vermutlich nichts, aber wenn es nur diese eine Chance für Nick gab. Durch ihre Schuld war er dort. Das Mindeste was sie für ihn tun konnte, war diese eine Chance zu ergreifen.

Einen Schritt nach den anderen ging sie auf ihn zu.

»Nein«, schrie Martina. Sie trat aus den Bäumen hervor. »Du darfst ihm nicht trauen.«

»Es gibt nur diese eine Möglichkeit«, sagte Nina.

»Du musst sein Geheimnis aufdecken, dadurch verlieren sie an

Macht.«

»Wie soll ich das anstellen?«, fragte Nina ihre Mutter ratlos.

»Die Gräber, unsere Gräber«, sagte Martina. »Schnell.«

Nina sah zu ihrer Mutter, völlig ratlos. Wo bitte sollte sie suchen?

»Vertrau mir, du weißt es.«

»Nein«, sagte Nina.

»Du hast es im Traum gesehen, bist diesen Weg schon oft gegangen.«

Nina sah zu ihrem Vater. Vermutlich merkte er seinen Fehler, noch, bevor es Nina tat.

»Ich versteh«, sagte Nina, schenkte ihrem Vater ein höhnisches Grinsen. Sein wohl größter Fehler.

Nina drehte sich um und lief los. Sie wusste, wo sie hinmusste. Sie war diesen Weg schon einige male in ihren Träumen gegangen. Die Träume, die ihr Andreas geschickt hatte.

Sie konnte sie förmlich spüren. Ihre geschundenen und missbrauchten Körper unter der Erde. Sie blieb stehen und trat auf die Stelle zu. Mit bloßen Händen begann sie zu graben. Immer wieder versuchte sie in den harten, gefrorenen Boden zu greifen, aber sie kam einfach nicht weiter.

Etwas zog sie plötzlich nach hinten. Ein Arm würgte sie. Wie damals im Traum. So war auch ihre Mutter gestorben. So würde sie sterben. Mit ihren Händen versuchte sie sich, zu befreien, war aber machtlos gegen ihn, wie schon beim Letzten mal.

Die letzte Kraft mobilisierend, schob sie ihren Kopf nach vorne und stieß ihre Zähne in seinen Arm. Er lachte auf. Durch seine Überheblichkeit ließ er locker und sie konnte sich befreien.

Sie schnappte nach Luft und robbte von ihm weg.

Zorn konnte sie in seinen Augen lesen, als er auf sie zutrat.

Seine Faust traf sie am Jochbein und sie fiel nach hinten an den nächsten Baum. Er sprang auf sie zu und ein weiterer Schlag ließ sie zu Boden stürzen. Andreas packte sie an der Schulter und sie spürte seinen verfaulten Atem, als er ganz nah an ihr Gesicht rückte. »Du entkommst mir nicht mehr«, zischte er.

»He, Arschloch. Lass sie sofort los.«

Beide wandten ihre Köpfe. Nick stand vor ihnen. Sein wutentbranntes Gesicht auf Andreas gerichtet.

Samuel, Martina und Sophia waren dicht hinter ihm. Zum Schluss kam der kleine Hund in Ninas Blickfeld. Andreas sah ein wenig irritiert aus, als sie alle auf ihn zukamen.

Im nächsten Moment trat Theresia durch die Bäume. Sie sah auf Nina hinunter. »Sorg dafür, dass sie ihre Ruhe finden«, bat sie Nina. Theresia schritt auf ihren Mann zu.

»Nimm mich«, schrie sie und stürzte ihm entgegen.

In einem Strudel verschwanden sie.

Helenes Lächeln erstarb, als auch sie die Macht über Andreas Steinberg verlor. Im nächsten Moment löste sie sich auf.

Nina stürzte erneut auf die Gräber zu. Wie von Geisterhand lag dort eine Schaufel. Nina wunderte sich nicht lange, sondern begann mit ihrer Arbeit. Mit all ihrer Kraft legte sie Zentimeter für Zentimeter frei.

Sie wurde abgelenkt, als sich Nick an den nächsten Baum lehnte und ihr entspannt zusah.

»Ich würd dir ja gerne helfen«, entschuldigte er sich.

»Aber du musst es allein tun, nur so können wir es wiederfinden, ich bin nämlich tot.«

»Nicht mehr lange«, sagte sie schnaufend. »Solange du nicht ins Licht gehst.«

»Denkst du, ich verschwinde von hier«, sagte er, mit seinem üblichen Grinsen. »Ich hab noch einiges mit dir vor.«
»Was denn?«, fragte sie lächelnd und pausierte kurz.
»Zuallererst werd ich dich heiraten«, sagte er.
Sie grinste ihm zu. Was machte ihn so sicher, dass sie das überhaupt wollte. »Und wenn ich Nein sage.«
»Tust du nicht.«
»Tu ich nicht«, bestätigte sie. »Mal ehrlich, du hast dir den schlechtesten Zeitpunkt ausgesucht, um mir einen Heiratsantrag zu machen.«
»Liebling, davon können wir noch unseren Enkelkindern erzählen«, sagte er grinsend und sie fuhr mit ihrer Arbeit fort.

Im nächsten Moment traf die Schaufel etwas Hartes. Sie kniete sich hin und machte mit den Händen weiter. Ihre Augen glitten über die verschiedenen Knochen. Geschockt sah sie hinunter. Das waren sie. Die Taten ihres Vaters, beeinflusst von ihrer Ur-Ur-Großmutter.

Ihr wurde klar, dass es ihr Martina nicht hatte sagen können, weil sie es nicht gewusst hatte. Niemand hatte gewusst, wo sie lagen. Außer Nina selbst. Im Traum hatte sie den Ort ganz deutlich gesehen. Der Traum, den ihr Andreas geschickt hatte. Wozu auch immer. »Das reicht«, sagte Nick und nahm ihre Hand. Nah trat er an sie heran.
»Ich liebe dich«, sagte er. »Schon immer.«
»Ich dich auch«, sagte sie. Sie liefen los, weit weg vom Licht.

Nina schlug die Augen auf. Besorgt sah Ben sie an. Ihr panischer Gesichtsausdruck war gewichen. Zufriedenheit stand in ihrem Gesicht. Er konnte sich nur wundern.

Vorsichtig setzte sie sich ein wenig auf. Er nahm ihre Hand.
Ein Lächeln erschien auf ihrem Gesicht. Wie konnte sie es nach alldem noch?

Plötzlich zog sie Ben nah an sich heran, sodass sie ihm ins Ohr flüstern konnte.

»Er lebt«, hauchte sie und Ben sah sie ungläubig an. Meinte sie Nick damit? Oder jemand anderen?

Er betrachtete sie und strich mit einer Hand, die Haare aus ihrem Gesicht. Nina schien sich dessen gewiss, aber woher sollte sie das wissen?

Im nächsten Moment stürzte Katja in den Raum und lächelte, ebenso wie Nina.

»Nick ist wach.«

Bens Blick glitt schlagartig zu Nina. Wie war das möglich? Nina lächelte ihm zu, begleitete von einem Nicken.

»Manchmal geschehen einfach Dinge, die man nicht erklären kann«, sagte Nina und Ben konnte nichts anderes machen, als zu nicken.

Voller Freude umarmte er Nina und küsste sie auf die Stirn. Sie war es. Er war davon überzeugt, dass sie es war, die Nick zurückgeholt hatte. Auf ewig würde er ihr dankbar sein.

Er sah ihr dabei zu, wie sie die Decke zurückschlug und aufstand. Sie verzog durch den Schmerz das Gesicht, ließ sich aber nicht davon abbringen.

»Wo willst du hin?«, fragte Ben.

»Na, zu ihm«, sagte sie. Beim hinausgehen sah sie noch mal über ihre Schulter zu ihnen zurück.

»Ach ja, wir haben uns gerade verlobt.«

Sie verschwand und Ben starrte zu seiner Frau. Diese zuckte ebenso die Schultern. Katja griff nach seiner Hand, küsste ihn und sie folgten Nina hinaus.

Epilog

Langsam verging der herrliche und ereignisreiche Sommer.
Die Wahrheit war endlich Gewissheit. Am 15. Dezember, des vergangenen Jahres, wurden die Überreste von Martina Steinberg, Samuel Sturm, Sophia Müller und dem Hund Benjamin komplett freigelegt. Ein Spaziergänger war darauf gestoßen und hatte die Polizei gerufen. Zufälligerweise war es Ben Hoffmann gewesen. An einer Leiche fand man Spuren, die man mit Andreas Steinberg in Verbindung bringen konnte.
Somit wurden die Akten geschlossen und die Leichen freigegeben.
  Die Beerdigung von allen, fand gemeinsam statt. Auch die von Theresia. Man hatte sie ein paar Tage später, nahe dem Wald gefunden. Sie hatte sich geopfert. Hatte wohl mit ihrer Schuld nicht weiter leben können. Nina wusste, dass Helene wiederkommen würde. Aber sie würde bereit sein und gegen sie kämpfen, solange sie existierte.
  Für Nick war es ein Tag voller gemischten Gefühle gewesen.
Nina war nicht von seiner Seite gewichen. Sie hatte Sophias Eltern kennengelernt, die nach dem Verschwinden ihrer Tochter weggezogen waren. Das Mädchen hatte die roten Haare ihrer

Mutter geerbt. Die beiden hatten, außer Sophia, keine weiteren Kinder und schienen am Boden zerstört und doch schienen sie erleichtert, weil sie endlich ein Grab zum Trauern hatten.

Viktor und Juliane waren überraschenderweise gefasst. Es war ein Schlussstrich für sie beide. Viktor hatte zwei Kinder verloren, es war schwer gewesen, doch bald schon hatte er wieder nach vorne gesehen. Sie nahm lächelnd zur Kenntnis, dass sich Nicks Eltern wieder annäherten.

Heute war ein bedeutender Tag für Nina und Nick. Schon einige Minuten sah sie in den Spiegel und betrachtete sich.
Versuchte ihre Nervosität in den Griff, zu bekommen.
Einen Moment wich ihr Blick ab, auf das Zimmer um sie herum.
Nicks altes Zimmer.

Das Wetter war traumhaft und im Garten des alten Schlosses, war alles bereit. Vor gut acht Wochen war Samuel auf die Welt gekommen. Zeitgleich waren Nick und Lisa geschieden worden und er war frei. Es waren noch keine Gäste zu sehen. Oder doch? Am Rande des Grundstücks tat sich etwas und sie sah Nick zu ihnen hinübergehen, ihren gemeinsamen Sohn auf den Arm tragend. Ein Lächeln umspielte ihre Lippen. Vorsichtig ging sie hinunter und hinüber zu ihnen. Nick wandte sich zu ihr um.

»Oh«, sagte er und verschlang sie regelrecht mit seinen Augen.
»Bringt es kein Unglück, wenn ich dich vorher sehe?«
»Seit wann glaubst du an so was?«, fragte sie und er schenkte ihr ein Lächeln. Er beugte sich hinüber und küsste sie.
»Du bist wunderschön.«
»Dito«, sagte sie und betrachtete ihn.
Er sollte öfters Anzüge traten, sie standen ihm einfach. Ein Kichern holte sie zurück, in den Moment.

»Bleibt ihr nun hier, oder geht ihr fort?«, fragte Nina.
»Ob wir ins Licht gehen?«, fragte Martina und Nina nickte.
»Ich bin noch nicht bereit«, sagte Martina und sah zu Nick.
»Du hast Glück Nina, halt es ganz fest.« Nina lächelte.
»Ich habe mich immer gefragt, was aus dir geworden ist, ich konnte nicht gehen, ohne zu wissen, dass es dir gut geht«, sagte Martina.
»Um mich musst du dir keine Sorgen mehr machen.«
»Ich weiß«, sagte Martina.
»Vielleicht werd ich gehen, irgendwann, vielleicht sehe ich mir auch an, wie mein Enkelsohn aufwächst.«
Nina ging ein paar Schritte näher auf sie zu. Sie wusste, dass sie sich gerade von ihr verabschiedete. Plötzlich umfasste Ninas Herz eine schreckliche Wehmut. Martina war die letzte Zeit immer da gewesen, hatte mit ihr geredet und ihr Herz ausgeschüttet. Nina streckte ihre Hand aus und wollte sie berühren. Martina tat es ihr nach und sie legten ihre Zeigefinger aneinander.
»Ich hab dich geliebt, als ich dich dass erste mal gesehen habe, du warst so klein und zerbrechlich und ich wollt dich so gerne mit Liebe überschütten.«
»Es tut mir leid, was euch passiert ist«, sagte Nina bedauernd.
Samuel und Sophie grinsten zu ihr hoch.
»Ich habe meinen Frieden damit geschlossen«, sagte Martina.
»Es ist gar nicht so übel«, sagte Samuel. Benjamin antwortete mit fröhlichem Gebell.
»Tut mir leid, wenn ich dich erschreckt hab«, sagte Sophia.
Nina nickte ihr zu. Sie war ihr nicht böse.
»Leb wohl, Nina«, sagte Martina und Nina streckte die Hand

nach ihr aus, als sie sich langsam auflöste. Die anderen folgten ihr.

»Alles in Ordnung?«, fragte Nick, als sie alleine waren.
Nina nahm seine Hand. »Was zum Teufel macht ihr hier?«, rief Maria, die neben Juliane auf sie zukam. Nick und Nina verdrehten zeitgleich die Augen.
Sie lachten auf. »Bereit?«, fragte Nick. »Bald hast du mich lebenslang an der Backe.«
»Wenn es sein muss«, sagte sie, und beugte sich zu ihm.
»Nichts Lieber als das«, fügte sie hinzu und küsste ihn.
Hand in Hand gingen sie ihrem neuen Leben entgegen.

Der Weg war weit und beschwerlich gewesen. Nina war daran gereift und gewachsen. Ein neues Leben wartete auf sie. Ein Leben, das sie sich immer erträumt hatte. Ihr Strahlen war unübersehbar. Sie würde sie wieder treffen, in einem anderen Leben, denn dieses würde sie in voller Größe auskosten. Stolz schritt sie an der Seite ihres Stiefvaters nach vorne. Sah in Nicks strahlendes Gesicht und spürte ihr eigenes. Er war es immer gewesen und würde es immer bleiben. Der Eine und Einzige.

Danksagung

Es war ein weiter Weg hierher und ich möchte einigen Begleitern Danke sagen. Ein großes Dankeschön geht an Nadja, die mir mit ihrer Sicht der Geschichte eine riesengroße Hilfe war.

Ich danke auch meinen Testlesern und vor allem Andrea, die mir Mut gemacht hat, diese Geschichte an die Öffentlichkeit zu bringen.

Meiner Familie, die viele Stunden auf mich verzichten mussten und mich trotz allem unterstützten.

Und natürlich meinen Lesern, die wie ich hoffe, diese Geschichte mögen, wie ich sie liebe.